Não há castigo maior do que um amor que dure para sempre

Marco Severo

Não há castigo maior do que um amor que dure para sempre

Não há castigo maior do que um amor que dure para sempre
© Marco Severo, 2023.
© Moinhos, 2023.

Edição Nathan Matos
Assistente Editorial Aline Teixeira
Revisão Berttoni Licarião
Diagramação Luís Otávio Ferreira
Capa Sérgio Ricardo

Dados Internacionais de Catalogação na
Publicação (CIP) de acordo com ISBD

S498n   Severo, Marco
Não há castigo maior do que um amor que dure para sempre /
Marco Severo. - São Paulo : Moinhos, 2023.
174 p. ; 14cm x 21cm.
ISBN: 978-65-5681-146-8
1. Literatura brasileira. 2. Contos. I. Título.
2023-1616   CDD .8992301
                 CDU 821.134.3(81)-34

Elaborado por Odilio Hilario Moreira Junior - CRB-8/9949
Índice para catálogo sistemático:
1. Literatura brasileira : Contos 869.8992301
2. Literatura brasileira : Contos 821.134.3(81)-34

Todos os direitos desta edição reservados à Editora Moinhos
www.editoramoinhos.com.br
contato@editoramoinhos.com.br
Facebook.com/EditoraMoinhos
Twitter.com/EditoraMoinhos
Instagram.com/EditoraMoinhos

Alguém dirá que A vida como ela é... insiste na tristeza e na abjeção. Talvez, e daí? O homem é triste e repito: triste do berço ao túmulo, triste da primeira à última lágrima. Nada soa mais falso do que a alegria. Rir num mundo miserável como o nosso é o mesmo que, em pleno velório, acender o cigarro na chama de um círio. Que importa tudo o mais, se a morte nos espera em qualquer esquina? Convém não esquecer que o homem é, ao mesmo tempo, seu próprio cadáver. Hora após hora, dia após dia, ele amadurece para morrer. Sim, o homem é sórdido porque morre. No seu ressentimento contra a morte, faz a própria vida com excremento e sangue.

Todo amor é eterno e, se acaba, não era amor.

Nelson Rodrigues

Para minhas dádivas do passado:
Leônidas, Giu, Eduardo, Tel, Henrique, Daniel.

Sumário

A última pá	11
Nós	17
O primeiro a pular	22
Submersa	34
Na carne	38
As noites que a noite tem	43
Atenta ao futuro	49
Formas de afeto	56
Pelé	64
O que se sabe do amor	68
Do jeito que deveria ser	83
O último mugido	86
Tia Dalva	91
Travessia no barco de caronte	98
Futuro do pretérito	102
O sentimento dos outros	109
Guardo numa caixa meu mais precioso cristal	118
Militância	123
Preconceito linguístico	133
Os companheiros	138
Nem toda descoberta é tesouro em abundância	142

A última pá

Eram ainda tão pequenos que ninguém saberia explicar como os deixaram ir sozinhos para o açude com Claudio. Talvez porque fosse o irmão mais velho, distante sete anos da irmã do meio, Laura, e oito do caçula, Diogo. Ignoraram completamente seu histórico de constante desatenção e sua voz baixa, quase como se só conversasse consigo próprio, por dentro.

Não vinha agindo assim de agora. Claudio perdia cadernos e agendas na escola, esquecia onde deixava as coisas, não se importava com suas obrigações imediatas, como escovar os dentes ou tomar banho. Olhando em retrospecto, ninguém entenderia. Seu tom de voz ameno passava a ideia de calmaria, talvez? Ou porque era desatento, mas não desobediente, pensaram. A mãe havia dito, Só no raso. Mais de uma vez, até. Mas quando ele vira, os irmãos já estavam longe. Laura havia feito um furo grande na tampa vermelha de um vidro de Nescafé e colocado farinha dentro. Seus tios haviam lhe dito que era certeiro: bastava segurar o vidro com firmeza sob a água, e numa questão de segundos dezenas de piabas entrariam no vidro em busca da farinha e não conseguiriam mais sair. Aí você traz as piabas que a gente torra aqui na brasa e come. Laura fez uma careta. Não conseguia se imaginar comendo aqueles peixinhos minúsculos. Ainda mais se ela os tivesse visto se debatendo pela vida minutos antes. Ainda não sabia, mas essa ojeriza faria com que ela buscasse uma conscientização e se tornasse vegetariana na vida adulta.

Não deu outra: as piabas entraram com tanta violência que ela quase deixou o vidro cair dentro da água, mas quando o ergueu no ar, percebeu que eram tantas que quase não cabiam dentro do recipiente. Os minúsculos peixes se debatiam com força, brilhando prateados ao sol de julho, mas perdiam intensidade a cada minuto, até ficarem só num abrir e fechar de boca, gastando o que quer que ainda tivessem de energia em seus corpos, até finalmente ficarem apenas empilhados uns sobre os outros dentro do vidro, mortos.

Com medo dos pequenos peixes, Diogo havia ido nadar longe dali. Quando Laura se apercebeu, já estava quase de volta à beira do açude, viera caminhando de costas na pescaria sem se dar conta, os pés agora mal cobertos pela água, enfiados na lama preta e viscosa. Sentiu o irmão mais velho se aproximar dela, envolvê-la com um dos braços e instá-la a sair dali. Venha, Laura, venha. Não quero você aqui, disse. Andaram alguns metros, na curva do açude. Laura pareceu se dar conta pela primeira vez que havia um som de desespero no ar que ela não conseguia identificar e que por muitos anos não associaria aos pedidos de socorro do irmão. Somente na terapia, já adulta, entenderia isso. Ali, ela era apenas uma menina pequena obedecendo ao irmão mais velho, que a havia deixado num canto e dito a ela que não se mexesse nem falasse com estranhos, que voltaria dali a alguns minutos.

E não descumpriu sua promessa. Cadê o Diogo?, ela quis saber assim que o viu sozinho. Nosso irmão teve que ficar, ele disse. Por que?, insistiu. Porque ele quis, Laurinha. Sendo assim, eu também quero. Claudio jamais saberia como, diante daquela situação, ainda conseguia distrair a menina. E quem vai entregar as piabas para os tios assar? Não foi você que prometeu? Ah é, foi mesmo, disse por fim, resignada. Caminharam dentro de seus silêncios. Quando avistaram de longe a casa, Claudio disse, Eu preciso que você entre e vá direto para o seu quarto. Não me faça perguntas agora, Laura. – pela primeira vez, ela intuía algo diferente na voz do irmão.

Claudio chegou ao quintal, onde os tios faziam um churrasco que costumava reunir boa parte da família aos domingos. A mãe apressou o passo em sua direção, havia nela um antepassado de premonição que ecoava até os dias de hoje. Onde está o Diogo?, perguntou, os olhos sem mais lhe caber na cara. Minha mãe... – começou o novamente menino Claudio. Foi suficiente.

As buscas por Diogo não admitiam encontrar um corpo. Não na frente da mãe das três crianças, Janete. Vou encontrar meu filho vivo, disse ela, porque às boas mães parece ser dado um elemento para além da esperança. Mesmo juntos, porém, não são capazes de ultrapassar a realidade. Por isso a dor do encontro do menino, que era agora sim apenas o corpo. O menino tinha ido embora.

Dentro de casa, somente Claudio parecia saber o que havia de fato acontecido. Nunca pensara em se tornar homem aos dezesseis anos, mas envelhecera, por dentro e por fora, até uma maturidade que ainda demoraria a chegar, não fosse a perda. Janete e Leônidas viveram muitos dias de choro. Quando membros da família quiseram culpabilizar Claudio, os churrascos aos domingos acabaram: havia sido uma fatalidade, a família prosseguiria com os quatro que ficaram e a lembrança do quinto que se foi. E viver com uma lembrança já lhes parecia dor o suficiente para suportar. Uma lembrança não faz aniversário, uma lembrança não reclama de dor, não agradece, não cresce.

Laura cresceu vendo a mãe sempre se referir ao passado, mesmo quando Diogo não estava lá. Tudo parecia remeter a um tempo em que ele estivesse vivo. À medida que os anos iam passando e Laura ia se deslocando dos acontecimentos de infância, o sentimento de confusão em relação ao que de fato ocorrera ia se instalando dentro dela. Quando perguntou aos pais o que acontecera com o irmão, primeiro eles certificaram-se do que ela lembrava. Vieram à mente a pescaria, a companhia dos irmãos, o açude – e mais nada. Diante disso, seu pai apenas disse, Filha, basta você saber que seu irmão não está mais aqui.

Mas não bastava. A tentativa dos pais de evitar nela a propagação de uma tristeza, tentando apagar esse irmão de sua memória, culminou com um caos que nunca a abandonava. Sentia-se culpada pela morte desse irmão, rejeitada pela família, que sequer dera a ela o direito de ir ao enterro, ignorada pelo irmão mais velho, que também nada lhe dizia.

Quando saía da adolescência, passou a sonhar com o irmão morto. De repente, o menino apagado passou a ser uma presença vívida. Lembrava-se dele com clareza. De detalhes do seu rosto, de seu olhar, de suas mãos, o tom e a cor de sua voz – estava tudo talhado à mão dentro dela, numa xilogravura que ela poderia detalhar com precisão.

Veio então o susto: o irmão afogado estava vivo. Num corpo anos mais velho, mas ali estava ele, diante dela, e aquilo não poderia ser. Abordou o garoto na empresa assim que o viu, dando-lhe um abraço como se fosse no próprio Diogo, redivivo. Perguntou-lhe seu nome. É Rafael, ele disse, por um instante parado para atender àquela moça de crachá, o que significava que não era uma louca qualquer – era uma louca que trabalhava ali, como ele. Vai saber que cargo ela ocupava? E qual a sua idade? Dezenove, respondeu. Não, não era o irmão, lhe dizia o chamado à razão. Mas era tão parecido. Tão absurdamente parecido.

Começaram a se esbarrar mais vezes, inclusive no refeitório da empresa. Laura adotou sua amizade, apesar dos onze anos que os separavam. Via no jovem Rafael um desejo imenso de crescer, de conhecer lugares e pessoas novas, tudo que nela também urgia em necessidade. Tornaram-se tão próximos que os amigos em comum, e que conheciam a história de Laura, achavam que eles só não namoravam porque ela via nele muito claramente o seu irmão falecido, numa versão mais velha. Laura nunca soube precisar, nem se importava, porque Rafael era família: estava traçado o seu limite. Janete e Leônidas o adoravam, e tê-lo por perto dava a eles, se não a sensação de estar com o terceiro filho, ao menos a alegria de ter por alguns instantes a quinta pessoa daquela família, ainda mais um que estava traçado em sua fisionomia, como ele mesmo pôde comprovar quando pediu para ver uma foto do menino afogado, depois de quase um ano refletindo sobre as consequências desse gesto, que não existiram, não da maneira como ele achava que poderiam existir. Para Rafael, a coincidência se tornara uma dádiva, que ele aproveitava da melhor maneira a cada instante que vivia perto de Laura e de seus familiares.

✳

    Foi no mesmo dia que Laura voltou de férias que Rafael morreu. Estava em seu quarto, desfazendo as malas, quando seu telefone tocou em meio à pilha de roupas e lembrancinhas que trouxera da Espanha. Ouviu sem dizer uma só palavra.

    Carro. Assalto. Reagiu. Tiro. Cabeça. Antes mesmo de chegar ao hospital.

    E o enterro, vai ser quando?, quis saber, ansiosa. Amanhã, lhe disse a mulher que ligara para dar a notícia, e que também informou o horário e o local.

    Foi ao shopping, comprou o melhor vestido preto, um chapéu e luvas também pretos. No dia seguinte, estava no cemitério antes mesmo dos pais de Rafael, inconsolável. Quando seus pais chegaram, também chorando muito, abraçaram-se. Laura pegou o telefone e ligou para Claudio. Cadê você? Estou chegando, Laura. Ela fizera questão que todos estivessem reunidos.

    Depois de uma breve cerimônia, o corpo de Rafael foi enterrado, sob aplausos, pétalas de rosas e todos os artefatos que o dinheiro poderia pagar para essa ocasião. De onde estava, Laura soltou um beijo, deu as costas e se dirigiu ao seu carro.

    Havia, enfim, enterrado o seu irmão.

Nós

A senhora dizendo isso eu fico mais despreocupada. Pensei que ia morrer mofada ou coberta de teia de aranha. A mulher olhou para a jovem sentada à sua frente e disse, Confie em mim, minha fia. O homi que é teu tá guardado e bem guardado. Isquece o que a macumbeira disse pa ocê. Sabe quem é que tá aqui com a gente na sessão? Não. Quem?, perguntou a jovem, com uma vozinha baixa que não conseguia omitir a curiosidade. É a Nossa Senhora Desatadora dos Nós. Ela é valente e é guerrêra. Ocê vai incontrá um homi muito bonito, tão bonito que é beleza pa dois. Pero meno é isso que eu inxergo aqui e eu num erro! Vai sê numa festa. Festona grande, com muita gente. A voz da mulher fazia a jovem se recolher um pouco mais no encosto da cadeira. Pois tá bom, então. Aqui está o que combinamos. Obrigada.

Saiu da casa da vidente com uma alegria incontida. Para ela não era sacrifício nenhum ir aos clubes nas festas da cidade, fosse onde fosse. E aquele era um povo que gostava de comemorar. Dia santo, páscoa, período junino, tudo era motivo pra contratar uma banda e abrir os clubes. Acontece que isso era o que ela fizera a vida inteira e nada. Por que seria diferente agora? Bom, o negócio era confiar nas palavras da Mãe Jussara.

Sábado seguinte, ela estava lá, vestida de esperança. A noite começou meio sem graça, mas pouco depois da meia-noite a coisa começou a esquentar e as palavras de Mãe Jussara se cumpriram. Waldir, o nome dele. Com W, ele fez questão de assinalar, assim que se cumprimentaram gritando um no ouvido do outro por conta do barulho que a banda fazia. E o seu, qual é? Fran, ela disse, e se calou. Nunca dizia seu nome todo, morria de vergonha. Eu mandei seu pai registrar Francisca, minha filha, não tenho culpa dele gostar tanto de filme de terror. Não que ela achasse Francisca um nome lindo, mas qualquer coisa era melhor do que Frankivânia, homenagem do seu pai ao monstro criado por Frankenstein e a Transilvânia, morada do Drácula. Pena que ele tinha morrido quando ela tinha cinco anos, porque se tinha uma coisa da qual ela se ressentia era de nunca poder ter dito a ele o que pensava sobre aquela bestialidade de nome que ele colocou nela. Esse povo não pensa antes de dar nome aos filhos não?, sempre comentava com as amigas quando o assunto *nomes de filhos* aparecia na conversa, geralmente motivado pela pergunta que ouviu a vida inteira: De onde sua mãe tirou esse nome tão diferente? E ainda tinha isso de culparem a mãe, que merda de sociedade.

Waldir puxou Fran pela mão e saíram do barulho. Ele havia concluído que ela beijava bem, valia a pena investir.

No dia seguinte, Fran contou para a melhor amiga, Ingrid, sobre o homem que havia conhecido na festa. Deu todos os detalhes que sabia, nome, aparência, profissão. A amiga ficou olhando para Fran sem jeito. O que foi?, perguntou ela, ressabiada. Eu conheço o Waldir, disse ela. Ele é algum ex seu? Deus me livre namorar aquele cretino, soltou sem pensar. Fran se contorceu. O que ele tem de errado?, quis saber. Fran, Waldir se intitula "o maior comedor de xoxota" que já pisou nessa terra. Se você quiser ir adiante, é por conta e risco. Não venha chorar as pitangas depois.

Fran achou que a amiga estava sendo invejosa e que, talvez, estivesse escondendo alguma coisa. E daí se ele era experiente? No momento que quisesse ficar com ela, seria só dela e pronto. E foi o que ele disse que ia fazer. Escuta, Fran, conhece aquela música do Fábio Jr que diz que quando homem e mulher se tocam no olhar não há força que os separe? Foi o que aconteceu com a gente. Sou um homem de vinte e oito anos, está na hora de me aquietar. Há uma estação onde o trem tem que parar, minha Fran. Tô te esperando pra poder seguir, sem limites pra sonhar. Pois é só assim que se pode inventar o amor. Bonito isso, né? Tirando a parte do seu nome, está tudo lá, na letra cantada pelo grande Fábio. E eu quero você comigo. Quero inscrever seu nome na letra da música.

Frankivânia nem acreditava naquilo. Porra de macumbeira dos infernos que havia dito que com aquele nome, carregado de energia ruim, ela ia morrer no caritó. Morrer onde?, havia perguntado. Sozinha, querida. Você vai ser chamada de tia até por quem não for seu sobrinho, vai virar uma solteirona. Fran saíra de lá correndo, aos prantos. Ainda bem que ela teve a atitude de olhar para aquele panfleto pregado no poste enquanto esperava o ônibus e, mais do que isso, fez consigo mesma a caridade de anotar discretamente o telefone da mulher no celular. Já no dia seguinte, procurara Mãe Jussara. Foi a injeção de ânimo que ela precisava, disse a si mesma enquanto olhava para a foto de Waldir no Whatsapp. Que homem lindo, meu Deus, dizia-se todos os dias.

Apaixonados, faziam planos juntos de viajar para conhecer vários lugares do mundo, do nome do primeiro filho, de como estaria a igreja no dia do casamento. Não havia futuro que os impedisse de sonhar, nem mesmo o futuro contracheque de Waldir como contador de um pequeno escritório de advocacia, e nem a ausência de um, que era o caso de Fran, que fazia lembrancinhas para festas infantis. Se queriam mesmo se casar, a ideia era juntar dinheiro.

Um ano e meio depois, com a ajuda de familiares e amigos, conseguiram. Com o dinheiro arrecadado, contrataram fotógrafos, um buffet para recepcionar uns poucos convidados, um dia de noiva numa clínica de beleza, lua-de-mel em Paraty, cinco diárias num hotel de alto padrão e um motorista para levá-los num passeio pelo Rio de Janeiro.

No dia do casamento, Fran já tremia só de imaginar ouvir alguém não se aguentar e gargalhar na hora que o padre perguntasse se Frankivânia Oliveira queria casar com Waldir Soares Pinto. Nem lembrava há quantos anos não ouvia alguém lhe chamar por algo mais do que Fran, talvez a última vez tenha sido ainda no colégio, quando ela rolou no chão com uma menina que resolvera tirar o recreio para encher o saco. O que importava, no entanto, era o aqui e o agora. Quando o padre dissesse seu nome para toda a igreja ouvir, sabia que finalmente se livraria da maldição do seu nome e seria feliz com o homem que escolheu para compartilhar a vida. Queria o lugar lotado, mesmo que nem todos tivessem sido convidados para o buffet, porque, segundo os noivos, escolheram um lugar pequeno demais para comportar todo mundo que iria para o casamento na igreja. Um erro que prometiam reparar depois, disseram em mensagens enviadas para o celular de todos.

Aparentemente não houve ressentimentos, porque todos os bancos estavam repletos. Meia hora depois do horário marcado, o calor tornando os ternos e vestidos cada vez mais pesados, e nada da cerimônia começar. Do lado de fora, Fran chegava de carro, com uma beleza que só fazia jus aos sonhos que carregava dentro de si. Waldir ainda não chegou, disseram para ela. Sem demonstrar um segundo de abalo, ela pediu emprestado o celular de um dos convidados, que havia saído um instante para tomar ar. O telefone de Waldir tocou, tocou, tocou, até que se fez ouvir a voz da mulher dizendo para ela deixar uma mensagem após o sinal, mensagem essa que seria cobrada pela operadora. Ainda assim, ela não quis acreditar. Refez a ligação. Nada. Olhou para o céu com tantas estrelas, mas não as viu, olhou de relance para as pessoas sentadas à sua espera. Sua respiração começou a ficar curta, um nó na garganta ameaçou fazê-la chorar. Quando solução nenhuma parecia possível, um carro encostou na lateral do templo onde minutos atrás ela estava prestes a se tornar esposa, enfim. O vidro do carro baixou lentamente, e o sorriso que Frankivânia abriu jamais poderia ter sido dado por nenhuma das criaturas que inspiraram seu nome.

Postagem no Facebook compartilhada dias depois:

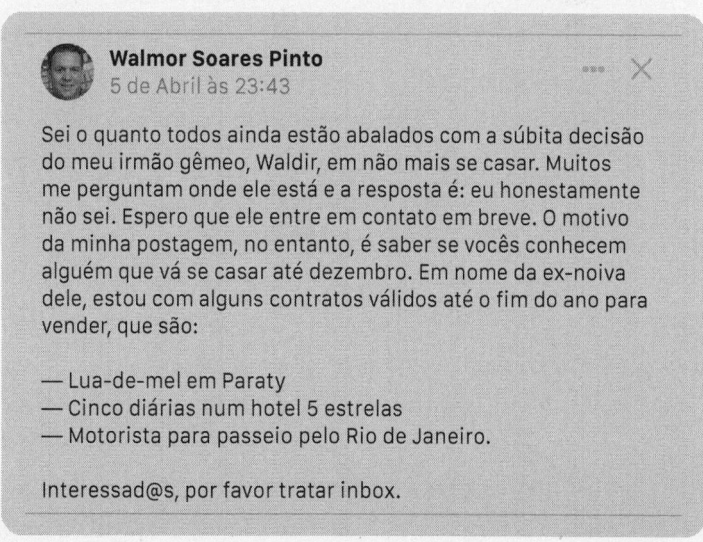

Walmor Soares Pinto
5 de Abril às 23:43

Sei o quanto todos ainda estão abalados com a súbita decisão do meu irmão gêmeo, Waldir, em não mais se casar. Muitos me perguntam onde ele está e a resposta é: eu honestamente não sei. Espero que ele entre em contato em breve. O motivo da minha postagem, no entanto, é saber se vocês conhecem alguém que vá se casar até dezembro. Em nome da ex-noiva dele, estou com alguns contratos válidos até o fim do ano para vender, que são:

— Lua-de-mel em Paraty
— Cinco diárias num hotel 5 estrelas
— Motorista para passeio pelo Rio de Janeiro.

Interessad@s, por favor tratar inbox.

O primeiro a pular

Recebi a ligação no meio da rua, na metade da tarde, dizendo que meu irmão havia morrido. Como é que é?, gritei para dentro do telefone, ouvindo os carros passando bem ao meu lado e esbarrando nas pessoas enquanto tentava encontrar um lugar com menos gente. Não entendi!, voltei a berrar. Mas eu tinha entendido muito bem, inclusive porque antes de atender eu vi quem estava ligando. Meu irmão, três anos mais novo que eu, estava morto. Do outro lado, o choro. Fiquei sem reação e parei, com o aparelho no ouvido, exatamente onde estava. Meu filho, meu *filho*!, era a minha mãe num choro incontrolável, voz solta para dentro do silêncio, se certificando que o outro filho ainda estava ali. Como não conseguia dizer nada, como não *sabia* dizer nada, a única coisa que saiu, E como foi? Então foi a vez *dela* silenciar. O que importava aquilo naquele momento? Mas eu estava muito atordoado, queria ganhar tempo, pensar em algo. Ele se jogou do oitavo andar, ela disse.

Naquele instante, não represei. Chorava pelo meu irmão de 31 anos recém-completados, que havia acabado de publicar um livro de relativo sucesso que, diziam, deveria ganhar pelo menos um prêmio importante; chorava pela minha mãe, que estava aguentando aquela situação sem ninguém por perto, e também por mim: quando meu irmão se matou, eu estava com tudo planejado para fazer o mesmo no dia seguinte. Havia comprado a arma, escrito a carta de despedida, deixado as contas do mês pagas, coloquei nos objetos pessoais os nomes das pessoas a quem eu gostaria que eles se destinassem. E agora aquilo. Tentei imaginar como minha mãe iria reagir à morte do segundo filho, também por autoextermínio, com apenas horas de diferença. Perdi a coragem de fazer o que planejara. Não queria ser responsável pelo fim da minha própria mãe.

Por isso, nos meses que se seguiram, tive de aguentar ser marcado por ela no Facebook em postagens motivacionais, de encorajamento ou lamentando uma saudade. Nas horas mortas, ela parecia não estar contida no mundo. Mas nos instantes em que seu olhar estava alerta, ela sabia. Havia um outro filho, mas poderia não haver, então ela, tendo colocado filhos no mundo, voltaria à condição de ser mãe de ninguém, o que pode ser uma dor torturante demais para suportar. Com a morte de Antonio passei a ser o filho que restava, e essa se tornou minha condição no mundo.

Eu e Antonio sempre fomos muito parecidos: gostávamos dos mesmos esportes, em criança, e nos apaixonamos na mesma idade: ele, por uma menina do andar de baixo, eu, por uma menina na escola, só pra depois descobrir que aquele não era o tipo de relacionamento que eu desejava para mim; saíamos com nossos amigos para os mesmos lugares sem combinar previamente e, mais para diante, eu também tinha enveredado pelo mundo das artes – minhas pinturas vinham rodando o mundo.

Foi pelo receio do lugar onde a estrada que minha mãe percorreria iria se findar, que eu fiquei. Sempre tive para com os outros um senso de responsabilidade que eu, absorvido num sentimento de não pertença para com este mundo, não tinha nem comigo mesmo. Enquanto ela existisse, eu ficaria. Mas antes desse futuro indesejado, eu precisava arrumar um jeito de pegar o primeiro avião para o Brasil e sair de Berlim. Era preciso enterrar o meu irmão.

✱

Há meses que eu não tinha um emprego e vivia de vender minhas telas, muitas vezes pintadas na rua, diante do público. Embora eu tivesse quadros espalhados por galerias em diversas partes do mundo, não conseguia dinheiro suficiente para me manter em Berlim somente através das vendas. E no fim das contas, a cada tela vendida, o valor que chegava até mim deixava para trás uma grande porcentagem nas mãos dos donos das galerias e dos marchands, daí a necessidade de inventar outras coisas, já que eu precisava ficar na Alemanha, para onde havia ido fazer um doutorado e tentar estabelecer contatos para espalhar meus quadros pelo mundo e tentar dar a eles maior visibilidade de galeristas importantes pela Europa e outros continentes. Era um trabalho exaustivo, feito de forma errática e sazonal, mas ou era isso ou eu desistia da arte, voltaria ao Brasil e viveria como a maioria da população, cujo maior sonho é ter carro, casa própria e pagar ao governo quase 30% do que ganha pra não ter direito algum e ser tratado como rejeito. Só que eu nunca coube nos sonhos dos outros, e nunca me moldei às formas opacas de viver da maioria das pessoas. Aprendi cedo sobre a imprecisão da vida, – por vezes, meus próprios pais trabalhavam de forma autônoma e nem sempre tínhamos no mês seguinte o que pudéramos ter no mês anterior – mas isso nunca me incomodou. O que sombreava minhas andanças era ter de me inserir num total estado de olhar sem ver, que é para onde vão os olhos das populações dominadas por seus governos. Voltar ao Brasil não era uma opção.

Mas aí o Antonio resolveu saltar para o outro lado, e quando eu cheguei para o seu enterro e vi o estado das coisas a partir do olhar de minha mãe, deixei de ter comigo toda a vontade de retornar para a Alemanha, como se a tivesse perdido pelo caminho. Ter a certeza daquilo me fez compreender a série de despedidas que fazia, para além do meu irmão. Eu também estava dando adeus ao meu doutoramento e, por um longo tempo, talvez para sempre, a chance de viver na Europa, me estabelecer como artista e fazer disso um futuro bom. Já não habitava em mim quem desejava aqueles dias.

Quando chegamos em casa, minha mãe me indicou o mesmo quarto onde eu dormira durante toda a minha adolescência. Com a mala ao meu lado, observei pouca coisa mudar. O cômodo guardava um ar estático, de um Maurício que fora um adolescente sem rumo e se tornara um homem também sem itinerários, apenas com mais andanças e vivências. Na certa tudo só não continuava do mesmo jeito porque o tempo tratara de devorar. Prateleiras foram engolidas por cupins, a cor da tinta nas paredes era um pouco diferente do que eu me lembrava, mas de resto tudo estava lá. Você quer dormir comigo no meu quarto?, perguntou a mãe. Ela sabia que outras memórias aquele lugar trazia para mim. Aqui está bem, respondi. Ato contínuo, deitei a mala no chão, coloquei a senha e a destravei. Deixei vários cabides dentro do guarda-roupas, vinha de novo a voz, me informando de coisas que eu iria descobrir sozinho no momento em que explorasse o quarto. Era a sua recusa em me deixar ali. Fiz que tinha entendido com a cabeça. Eu tinha muito o que pensar e decidir, mas não seria ali, naquela noite. Percebendo que seria assim, minha mãe deu as costas em silêncio e me deixou no quarto, que era meu mas nunca fora.

Deitei na cama sem roupa. Pensei que haveria disposição para tomar um banho mas o que veio foi a vontade de reler as últimas mensagens que eu e meu irmão havíamos trocado por celular. Comentávamos sobre o seu livro, que eu só recebera pouco mais de uma semana antes de sua morte e ainda não havia lido. Ele me pedia para dar uma opinião sincera. Sabia que eu o faria, mas fez questão de enfatizar. Afinal, é uma história que, tirando a ficção, você já conhece, ele disse numa das mensagens. Desde o começo eu sabia que o romance se propunha a ficcionalizar a tragédia de nossa família.

Quando eu tinha dezessete anos, meu pai perdeu o emprego. Depois de alguns meses procurando e voltando para casa sem sequer ouvir promessas, deprimiu-se. Passou a não querer mais sair de casa. Isso fez com que a responsabilidade de sustentar a família caísse sobre minha mãe. Nem eu nem meu irmão queríamos ir para escolas públicas, cada dia mais precarizadas, então eu resolvi que após o colégio tentaria fazer algum bico pra ganhar uns trocados e ajudar em casa. Passei a seguir a mesma rotina de minha mãe: saía de manhã, voltava à noite. Conseguia dinheiro como garçom, recepcionista, limpador de mesas de fast-foods, o que viesse eu topava. Antonio, aos catorze, chegava em casa à tarde, comia sardinha com ovo ou com arroz no almoço, dormia um pouco e depois retomava os estudos. Nunca pensei em pedir que ele também trabalhasse. Eu me preocupava com os estudos do meu irmão.

Com o passar dos meses, notei que ele andava com os pensamentos alhures. Perguntava algo e ele respondia como se não estivesse ali. Suas notas na escola começaram a cair e eu percebia que a relação dele com nosso pai, que nunca fora muito próxima, estava cada vez mais deteriorada. Suspeitei que a convivência entre os dois estivesse em algum lugar depois do difícil. Perguntei. Pedi que ele me contasse. Ele chorava, dizia que estava tudo bem e fechava a porta do quarto como quem coloca diante de si um escudo.

Foi com nossa mãe que ele se permitiu soltar o que lhe vinha atravancando o existir. Contou tudo, em detalhes. Soube, muito tempo depois, que ela ouvira tudo em silêncio e, depois que ele terminou suas queixas, disse apenas: Seu pai é um homem doente, Antonio. Ele mal consegue se levantar da cama. Ele não objetou. Compreendeu que nenhuma ajuda viria dali, e como houvesse negado, com reações veementes, todas as minhas insistentes tentativas, tomou por certo que todas as saídas haviam sido fechadas e recolheu-se para o lugar mais escondido dentro de si. Notei que o ambiente em casa ficou estranho para todo mundo, e eu sem entender nada. Só soube de detalhes do que vinha se passando quando tive que responder às perguntas de um juiz por ter matado meu pai.

✴

Depois da conversa de Antonio com nossa mãe e o sentimento estranho que se seguiu, passei alguns meses sem ver nem ouvir meu irmão chorar, como vinha acontecendo até então durante as madrugadas. Eu o ouvia falando sozinho coisas que eu não conseguia distinguir, mas percebia que eram entre lágrimas. Então, o silêncio do sono, quando ele parecia conseguir atingir alguma paz.

Durou muito pouco, porque se minha mãe se fizera emocionalmente surda, eu era todo atenção. Cheguei em casa à tarde depois de ser dispensado mais cedo do bico que eu fazia às terças. Aparentemente ninguém me ouviu, porque abri a porta da frente e entrei, e o barulho de corpos em fricção que consegui perceber dentro de casa ainda da entrada, continuava. Cheguei no meu quarto e vi: Meu irmão gemia, sons abafados pelas mãos de nosso pai, que arremetia seu pau para dentro dele com raiva. Fui até a cozinha e peguei uma faca. Eu gritei para os dois, que se desgrudaram. Meu irmão caiu no chão, e eu pude ver sangue. Meu pai olhava para mim como um animal assombrado. Eu pulei sobre ele e o esfaquei, soube depois, mais de trinta vezes. Meu irmão urrava de dor e medo. Estava completamente aterrorizado e emocionalmente rendido, encolhido num canto como se fechar seu corpo sobre si mesmo pudesse fazer com que ele desaparecesse. Um pouco mais que o dobro do seu tempo no mundo se passaria até que ele tivesse coragem de sumir de vez. Eu, que não nascera nem fora criado dentro do ódio, compreendi que meu desejo era mesmo mandar meu pai para o inferno.

A justiça entendeu que eu agira em legítima defesa para proteger meu irmão. Em meu âmago eu sei que quatro ou cinco golpes teriam sido suficientes, os demais foram apenas a vontade de infligir dor, e a fúria que às vezes pode vir da mágoa. Para além disso, um juiz que compreendeu a minha história. Solto, aliás mais do que isso, livre, foi então que eu decidi sair do país. Não naquele momento, porque não tinha condições, mas uma hora eu sairia. Estudei, fiz todo o ritual acadêmico em artes plásticas, como preconizava uma tentativa débil de vida razoavelmente estruturada, dei o passo seguinte no mestrado e finalmente consegui sair do Brasil, num programa de estudos em Berlim, fomentado pelo governo alemão para receber estrangeiros. Finalmente, a oportunidade que eu havia desejado minha vida adulta inteira. Eu não sentia como se deixasse para trás a minha mãe e meu irmão. Desde a morte do meu pai, éramos todos fragmentos. Morávamos na mesma casa, mas existíamos um para o outro de maneira lúgubre, retratos em sépia. Antonio havia me contado tudo. Da tentativa de fazer com que minha mãe detivesse o meu pai. E por que não havia dito nada a mim? Porque eu sabia do que você carregava consigo, Maurício. Enquanto eu flano pela vida, você age. Eu tinha medo que se você soubesse tudo iria acabar como de fato acabou. Não acho que você tenha agido errado, mas se nossa mãe tivesse se divorciado dele a lacuna de sua ausência já me seria suficiente. Eu sabia que era mentira. Antonio se sentia mais protegido sabendo que o pai não era mais uma ameaça. Ou eu que preferia enxergar suas palavras sobre esse assunto dessa forma. Para acabar como tudo acabou para o meu irmão, não era de se admirar que nunca tivéssemos sabido de fato o que morava em seu peito. Orbitávamos todos em torno um do outro mas acabávamos em incertezas. O esfarelamento de qualquer relação possível se tornou inevitável. Não me admirei quando Antonio disse que queria escrever. Era a sua maneira de lidar consigo mesmo e com o mundo: sozinho.

Mais um motivo para eu me surpreender quando soube da existência de Alessandra, com quem ele havia ido morar pouco tempo antes de se suicidar. Por que ele nunca falara dela para mim permaneceria para sempre um mistério. Prefiro acreditar que ele estava guardando a notícia para me contar quando fosse me visitar, nas férias que se daria depois da turnê de lançamentos que sua editora programara para seu livro. Talvez fosse seu jeito de me revelar que estava tudo bem, enfim. Ou que *queria* que ficasse tudo bem. E eu continuava a querer fabricar possibilidades nas vontades do meu irmão, um pouco para tentar desvendar sua personalidade obtusa, como se agora que ele não existia mais isso me fosse servir para alguma coisa. Talvez servisse, no final das contas, já que eu custava a encontrar meu sinônimo de paz, e pensar o que ele diria ou faria me servia de alento.

Observei Alessandra recolher seus pertences do apartamento que dividiam e de onde Antonio havia se jogado. Ela passava as mãos nas coisas como se as lembranças que elas traziam a acariciassem. Não duvido que pensava também em meu irmão, nas mãos de ambos a se tocar uma vez mais, através dos objetos que um dia tocaram. Acalentara dentro de si um futuro ao lado dele, um futuro que virou passado tão bruscamente. Desconfio que vivemos para que o tempo nos vá impelindo a inventariar nossas perdas, como um ensaio para, com sorte, também sermos a perda de alguém mais adiante.

Retirado o que era dela, foi para a casa da mãe. Eu havia saído da casa de Heinz em Berlim, que me dera abrigo, cama e carinho, para vir ao enterro do meu irmão e tudo que deixara fora um bilhete pregado sob um ímã de geladeira. As coisas entre nós não estavam bem. Nada me bastava e parecia que seria assim para sempre. Enquanto eu não conseguisse realizar meu desejo de viver do meu trabalho artístico, havia algo que secundarizava tudo mais ao meu redor. E apesar das dificuldades enfrentadas na Europa, o sonho persistia. Sempre persiste, mesmo quando o sabemos impossível.

Havia sido pela compreensão da impossibilidade do sonho que eu resolvi não ser tempo de cultivar mais nada. Como os porcos, comia despojos. Tanto me era quanto me bastasse: qualquer coisa se tornara muito. Descobri que minha mãe não chorava apenas pelo meu irmão. Conviver com ela trouxe à memória outro tipo de lembrança: Por que você teve de matá-lo, Maurício?, ela me perguntou à mesa do jantar, da mesma forma que havia feito tantos anos antes. Respondi o mesmo que disse a ela então: era a saída possível. Matar meu pai representava o fim de uma era de consecutivos estupros, ameaça e violência psicológica. Eu havia feito o que havia feito para resguardar a nós três. Para ela, sempre havia uma saída que não a morte, e isso piorara muito depois do suicídio do meu irmão.

Consegui um trabalho de galerista, e pintava nas horas vagas, num quartinho no quintal que antes havia servido de despensa. Transformei-o até torná-lo um ateliê improvisado. Eu chegava do trabalho e ia para lá, numa tentativa vã de fugir de possíveis embates que eu não estava disposto a ter. Mas dentro da minha cabeça, eu via e revia cenas e diálogos que nunca saíram de dentro de mim de verdade. Rancor, o nome que se dava a isso, e eu tinha muito. E minha mãe também, como eu iria descobrir não muito tempo depois.

Era uma manhã de domingo quando eu acordei e, adentrando num corredor da casa entre a sala e os quartos, a vi parada em pé em frente a um móvel comprido e antigo de madeira escura onde ela guardava os utensílios de prata e porcelana que nunca usava porque em nossa casa não se criavam ocasiões para isso. Em sua mão, um porta-retrato com uma foto de meu pai, para a qual ela olhava de cabeça baixa, acariciando com o polegar. Se assustou quando me viu, mas ajeitou a coluna rapidamente e me disse, Eu tenho o direito de sentir saudade, não tenho? Por tantos anos eu amei seu pai, Maurício. Mesmo inválido, prostrado na cama, eu o amava. Mãe, ele não era nem uma coisa nem outra. Ele fingia ser e você sabe disso. Para mim, ele era um homem que precisava de ajuda, e ao invés disso lhe foi retirada qualquer chance dele se curar. É impossível curar um monstro de sua monstruosidade, minha mãe. O seu marido, meu pai, era um pedófilo. Ela começou a chorar, Seu pai não era nada disso... – disse, limpando as lágrimas com a mão desocupada de lembranças.

Então, eu soube. A convivência seria para sempre impossível. Era eu ali, ao lado dela, e não a deixar ter paz nunca. Todos os dias ao me ver, eu reacendia a fogueira do que representava sua maior tragédia pessoal. Quando ela me ligara para falar da morte de Antonio e depois, quando me chamou para voltar a morar com ela – Pelo menos por uns tempos, havia dito – não conseguira vislumbrar esse desencadeamento de mágoas que estavam ali, mais vivas do que nunca antes. Fiz minha mala ainda de madrugada e saí de sua casa pela manhã. Comuniquei minha partida e me despedi dela dando-lhe um beijo em sua cabeça. Deixei claro que não voltaria, para não alimentar falsas esperanças, e que a vida dali para diante seria sem mim. Nesse instante, quando ela se deu conta de que estava e permaneceria sozinha, começou a chorar histericamente. Deixei-a onde estava, aos gritos.

Voltei para Berlim, onde moro há mais de vinte anos. Era preciso deixar meus escombros para trás e eu os deixei. Nunca mais tive notícias de minha mãe e suas ruínas. Mas não raro, quando o pensamento descarrila, continuo a ouvir seus gritos dentro da minha cabeça.

Submersa

Quando a reunião terminou, meu sogro me chamou na varanda e disse, Essa viagem será a melhor coisa que você fará em anos. As palavras saíram na maneira firme e assertiva que lhe era peculiar, e eu não tive dúvidas. Percebi o olhar dos outros presentes sobre nós: eles também haviam ouvido o que ele dissera, ou supunham. Eu sabia por que ele havia me chamado para dizer aquilo somente pra mim. Eu andava sofrendo porque Gabriel, meu filho de um ano e dois meses, ainda não começara sequer a balbuciar qualquer palavra. Evandro, meu sogro, queria transportar meus pensamentos e energias para outro lugar, um momento ao redor da família, onde aquela não seria mais uma questão para nenhum de nós. Pelo menos enquanto a viagem durasse.

Ele havia chamado seus três filhos e suas três noras para a reunião no domingo, em torno de uma mesa preparada especialmente para nos receber no almoço. Sua intenção era sugerir um cruzeiro entre o natal e o réveillon em que nós todos estivéssemos juntos. E, como vocês sabem, ele disse, eu e Teresa estamos comemorando 50 anos de casados este ano. Seria ótimo tê-los todos juntos, realizando esse desejo meu. Disse ainda que pagaria tudo, era um presente que queria dar a si mesmo. As passagens de avião até os Estados Unidos estavam todas reservadas, bem como os lugares no cruzeiro. Ele só precisava do nosso sim, que demos prontamente. Se algum de nós tinha outros planos para as festas de fim de ano, jamais saberemos.

O certo é que funcionou. Apaixonada por embarcações que sempre fui, comecei a planejar a viagem, a pensar nas coisas que faria, nos dias ao sol dentro do navio. Vivia os poucos meses que antecediam a partida para me acobertar de coisas boas.

Foi com esse sentimento que entrei na sala de cirurgia. Não queria viajar com aquilo que julgava ver de excessivo em mim, por isso resolvi fazer uma lipo. Enquanto a enfermeira empurrava minha maca em direção ao centro cirúrgico, eu só pensava em duas coisas. A primeira era que eu estava tranquila por fazer uma cirurgia com um membro da família – um dos outros filhos do seu Evandro, que também estaria na viagem com a gente e era um dos melhores cirurgiões plásticos do país – era também um amigo, nos frequentávamos, ele me conhecia. Eu tinha certeza que ele saberia precisar com sabedoria o que me serviria para uma recuperação breve, tendo em vista o que nos aguardava a todos. O outro pensamento era voltado para o meu filho Gabriel. No fundo, queria voltar para casa e vê-lo falar; minha vontade era não apenas sair modificada da cirurgia, mas ver meu filho transformado também. Compreendi que meu desejo era ver um passe de mágica – que alguns conhecem pelo nome de milagre – e não um processo de transformação do filho que eu tinha em casa. Lembrei-me, porém, das palavras da fono, olhando para mim e para o Leandro, Não se preocupem. Não é a mesma coisa para todas as crianças. Existem lacunas, não há uma receita que sirva a todos. Logo mais ele vai falar. Lembrei do que disse a especialista e meu coração voltou a ficar mais leve.

Horas depois, o telefone do Evandro tocou durante um almoço de negócios. Mais de setenta anos e ele ainda gerenciava um dos maiores resorts da região. Sempre falava em passar a função adiante, mas como se tratava de um negócio de família sobre o qual os filhos – todos médicos – não tinham o menor interesse, antevia que, sem ele, o empreendimento fosse à bancarrota. E, naquele momento, não conseguia ainda vislumbrar um sucessor fora do ambiente familiar. Nas primeiras vezes, ele ignorou. Com a insistência do telefone vibrando em seu bolso, porém, veio o sobressalto, um sentimento de urgência, e ele resolveu atender. Era Carla, a esposa do filho dele que me operou. Seu Evandro, por favor, venha para a sua casa *agora*. Estamos passando por um momento delicado e sua presença é vital nesse momento. Ele nem perguntou o que era, apenas obedeceu a urgência que sentiu na voz do outro lado da linha. Sem se despedir das pessoas à mesa, foi para o estacionamento no subsolo, onde estava seu carro.

Ao chegar, Evandro encontrou a esposa aos prantos. O que houve?, perguntou. Carla explicou: Lia não acordou após a cirurgia. Thiago tomou todas as providências, ela foi transferida da clínica para o hospital.

Isso é verdade. Foram ágeis. Eles sabiam que a cada minuto perdido, maior a chance de eu ter perdas neurológicas irreversíveis. Eu ouvia alguém me chamando de muito, muito longe. Era um som quase inaudível, uma voz metálica e melíflua, com a sonoridade de um canto, mas eu não tinha poder de reação. Ouvia-me adentrando águas profundas, o barulho das bolhas de ar circundando-me. O que inicialmente parecia ser um nado em águas turvas, rapidamente transformou-se numa queda desesperadora para dentro de profundezas abissais. Eles estavam me perdendo, mas eu não sabia disso. E dentro de mim, eu perdia a conexão até mesmo com a escuridão que me abraçava. A transferência para a UTI se deu num ritmo frenético, e minha família – todos aqueles que viajariam comigo dali a algumas semanas – foram avisados que primeiro era preciso me estabilizar, para só depois dizer quais eram as minhas chances de sobrevivência.

Quarenta e oito horas depois do término da cirurgia e eu ainda não esboçara qualquer possibilidade de reação. Meu corpo, no entanto, resistia. Era preciso aguardar, diziam.

Desde o momento em que eu havia chegado ao hospital, Leandro não saíra mais de lá, até que seu Evandro veio aonde ele estava e disse, Vá em casa tomar um banho, almoçar, ver seu filho, faça uma mala com roupas e volte. Ficar aqui nesse momento não vai ajudá-la em nada, nem a você. Vamos, eu te levo até lá.

Leandro ouviu o pai. Foram juntos até o apartamento onde nós três morávamos. Gabriel estava com Irma, a babá que cuidava dele desde que nasceu.

No hospital, tentavam me ressuscitar de todas as formas que podiam, enquanto uma linha reta numa tela mostrava que eu não estava mais ali.

Vi a hora em que meu filho se aproximou do pai, agitando-se em pequenos pulos. Leandro não o via há dois dias. Era, todo ele, a tradução mais pura do que representa o amor. Ele, no entanto, não viu. Parecia intuir o que estava acontecendo onde me deixara. Sentou-se para comer o almoço que foi colocado diante dele, na mesa da cozinha. Foi então que Gabriel se aproximou do pai e arregalou os olhos, Mamã, cadê? Cadê? Ouvi de onde estava as suas primeiras palavras, sua primeira pergunta. A primeira de muitas que o pai teria que responder a ele algum dia, e para as quais jamais teria resposta.

[interlúdio rodrigueano]

Na carne

Foram quase seis anos de namoro e mais dois de noivado, e quando ninguém acreditava, Valfredo e Rosinha anunciaram o casório para o final do ano, o que, em termos práticos, significa que em quatro meses estariam em núpcias.

As famílias começaram os preparativos para o casório. Convites, igreja, tudo tinha que estar na mais extremada perfeição, afinal, Rosinha era filha única, nada podia dar errado.

Nos fins de semana, Valfredo e sua amada encontravam-se na casa onde iriam morar para acompanhar as obras pagas pelos pais dos pombinhos. Ao final da tarde, quando os trabalhadores iam embora, os dois abriam um vinho, que tomavam enquanto inspecionavam o que estava sendo feito e faziam novos planos. Em um desses dias, Rosinha sai do banheiro aos prantos.

— Eu preciso lhe dizer uma coisa, Valfredo.

O futuro marido fez uma cara de quase ex, talvez até de viúvo. Puxou uma cadeira suja e sentou-se com medo do que estava por vir. Enquanto recuperava o fôlego e a cor do rosto, disse:

— Pode falar.

— Nós nos conhecemos há quase dez anos e eu nunca vi você sem essa barba fechada e esse bigode. Será o benedito que eu nunca vou poder beijar meu marido sem beijar esses pelos duros, às vezes até engoli-los com saliva, com tudo?

— Mas que diacho de conversa é essa, Rosinha? Em uma década isso nunca foi problema. De uma hora pra outra minha barba e meu bigode se tornam uma questão? Não começa, mulher! Estou te dizendo, não começa!

— Por favor, meu amor, eu estou te pedindo. Raspa esses pelos. Deixa eu tocar no seu rosto só uma vez. Só uma única vez...

— Se já começa cheia de exigências antes do casamento, imagina quando casar... Olhe lá onde eu fui me meter...

— Pois escute aqui uma coisa, Valfredo Mendonça: ou você raspa essa barba e esse bigode, ou não vai ter casamento! Desmancho tudo!

Valfredo havia saído da casa transtornado. Tirar os pelos do rosto, não. Nunca, em tempo algum, desde que começara a sair com pequenas, alguma delas havia ousado pedido tão esdrúxulo. Agora justamente com a que iria casar, esse pagode.

A verdade é que, lembrando os tempos do colégio, Valfredo não se imaginava sem os muitos pelos que lhe cobriam a face. Inclusive, só começara a namorar depois que atingira o nível de barba fechada, o que para a sua sorte veio ali perto dos vinte e pouquíssimos anos. Chegava mesmo a recolher os pelos que caía para colar com um preparado que sua mãe fazia. Podia-se dizer que Valfredo era mesmo um obsessivo.

No entanto, os dias foram passando e Rosinha não desistia da ideia. O futuro marido fez inúmeros telefonemas, deixou bilhetes comprometedores, pediu olhando nos olhos todas as vezes que se viam.

— Com essa barba e esse bigode eu não caso!
Estava mesmo decidida.

Na semana seguinte, Valfredo combinou com Rosinha um encontro num hotel. Queria passar o fim de semana com ela e acalmar os ânimos. A cada menção à sua barbara e bigode, dizia:

— Sossega, leoa!

Rosinha só virava a cara e ficava emburrada. Não tinha jeito. Ou era isso, ou teria que partir pra outra, e ele amava aquela morena mais do que todas as outras.

— Eu vou lhe contar uma coisa e você vai me prometer que até eu terminar vai apenas ouvir. Promete?

Ela olhou para Valfredo com desconfiança. Já estava quase se acostumando à ideia de que não haveria casamento, mas ela não voltaria atrás. Então, disse por dizer.

— Prometo.

— Nesses dez anos você nunca viu um só retrato meu de quando eu era criança. Nunca lhe mostrei um desenho, uma fotografia, uma caricatura, nada! E sabe por quê? Porque eu tenho vergonha do meu rosto, Rosinha. E você agora quer me humilhar. Você quer que eu saia em público para ser execrado. Não diga nada! Você prometeu que ia me deixar terminar, então espere. Meu amor por você não lhe pede para nada além daquilo que você é. E no entanto, você me pede concessões que estraçalham a minha virilidade, está ouvindo? Eu vou tirar essa barba e esse bigode, Rosinha, mas se na noite de núpcias eu falhar, a culpa é toda sua. Só sua.

Rosinha ficou calada. Estava confusa, não compreendia absolutamente nada do discurso do futuro marido. Valfredo se levantou e foi até o banheiro. Poucos minutos depois saiu de lá com o rosto liso. Barba e bigode tão bem-feitos que alguém poderia jurar que ele tinha prática no ofício.

Foi então que Rosinha viu. Na altura da narina direita, descendo quase até o lábio, uma enorme fenda. Ele parou na frente da futura mulher e disse:

— Sabe o que é isso aqui? A cicatriz que tive como resultado de uma cirurgia de lábio leporino. A maior vergonha da minha vida, que fez com que eu fosse fazer cirurgia plástica nos Estados Unidos para consertar, mas isso foi o melhor que os médicos conseguiram. Compreende? Me diz! Agora, compreende?

De fato, o rosto de Valfredo ficava medonho com aquela cicatriz. Como podia um rosto tão belo ser maculado com uma chaga daquelas, só comparada a de Jesus Cristo crucificado?

— Eu não sei o que eu fiz pra merecer nascer com isso. Só sei que você me obrigou a retirar os pelos que foram colocados na cirurgia para acobertar essa falha genética. E agora, como é que eu vou me casar, me diga? Como é que eu vou consumar o casamento, sendo humilhado por todos os convidados em cochichos nos bancos da igreja? Por sua causa, Rosinha, eu me tornei menos que um homem!

Rosinha se levantou da cama, aos prantos. Tocou no rosto do amado em silêncio, com as duas mãos, passando-as por todas as partes, como se tivesse consigo o próprio Santo Graal. Em seguida beijou o rosto de Valfredo incontáveis vezes, repetindo:

— Eu te amo, eu te amo!

Passados alguns minutos, correu até o banheiro. De onde estava, na cama, Valfredo ouviu o grito, como se fosse um bicho sendo sacrificado. Sentou-se na cama sem ter a certeza de que as pernas o sustentariam caso se levantasse. Viu, então, o rosto da mulher banhado em sangue, a navalha ainda na mão. Dali por diante, ela teria a mesma cicatriz que seu amado, para todo o sempre.

As noites que a noite tem

Assim que minha mãe me viu foi logo dizendo, Maria Eduarda isso não é mais hora pra você estar acordada!, e eu sabia que quando ela me chamava pelos dois nomes é porque ia me encher de porrada. Quando ela estava boazinha ou queria alguma coisa de mim eu era só Duda. Fiquei parada, esperando. Ela me deu um tapa, depois bateu com a mão aberta nas minhas costas, na minha bunda, e eu já estava chorando de olhos fechados quando senti o corpo magro da minha mãe se ajoelhar diante do meu e me abraçar dizendo Desculpa, desculpa, minha filha, eu não fiz por mal, é que eu tenho estado tão cansada, tão exausta de tudo...

Há pouco mais do que o tempo de duas férias minha mãe tinha perdido o emprego de costureira numa fábrica perto da nossa casa. Era ela quem sustentava a gente de um tudo: botava o arroz e o feijão na mesa e ainda costurava umas roupinhas pra mim com as sobras de tecido que ela juntava do chão e trazia pra casa sempre que seu Heitor deixava. Até pras minhas bonecas ela fazia alguma coisa de vez em quando. Dizia que boneca não podia andar pelada. Elas ficam com frio, não é, mamãe? Também, ela me disse. Mas o pastor falou que mesmo bonecas não podem ficar com a pepeca de fora, que aquilo era uma tentação e uma falta de pudor. Não entendi muito bem, mas entendi que o pastor achava errado, então se ele achava errado ela não discutia. Meu pai também achava errado que mamãe nunca costurasse nada pra ele com os tecidos trazidos da fábrica. Já expliquei que a fábrica só faz roupa de mulher, os tecidos são muito femininos, ela dizia sempre que ele resmungava durante o jantar. Eu não sei do que ele reclamava, porque todo final de ano ela pegava um ônibus e ia no Centro comprar tecido pra fazer uma camisa bem bonita pra ele vestir no natal. Anos depois eu soube que era por isso que a gente nunca comia peru. Mamãe comprava uma galinha e a gente comia com farofa e arroz. No ano que dava ela ainda comprava torresmo e uma cachacinha melhor pro meu pai beber. À mesa, meu pai fazia questão de dobrar as mangas da camisa e comer as coxas da galinha mostrando bem a roupa nova, como se a gente não soubesse que tinha sido obra da mamãe. Ficava tão bonito o meu pai com a camisa. E minha mãe mastigando devagar, olhando com tanto carinho para aquela figura exagerada e enigmática bebericando a cachaça num copinho pequeno de cerâmica que mamãe roubou pra ele de um restaurante chique onde trabalhou antes d'eu nascer. Não tinha nada mais bonito do que o amor da minha mãe por ele, que aguentava tudo como se ele fosse o melhor homem do mundo, e não o cara para quem ela dava dinheiro, que ele gastava todo dia no bar que ficava no final da nossa rua. Quando eu cresci mais um pouco perguntei por que ela aguentava aquilo e ela dizia que era melhor ele no bar do que no meio do mundo com rapariga. Eu não tinha idade para perguntar por que era que meu pai não trabalhava. Nunca entendi o mundo dos adultos. Quase todo dia, quando mamãe voltava da fábrica, ela antes passava no bar para recolher meu pai. Colocava ele na cama, deixava ele lá dormindo e saía pro culto. Mais tarde, quando entrava em casa, tinha sempre um olhar perdido de tristeza. Até parecia que o culto não tinha valido de nada. Eu reparava naquilo e dizia, Que foi, mamãe?, e ela respondia, Eu não sei. Mas ela sabia sim. Ela sabia muito bem.

Tudo isso foi antes do meu pai sumir pelo mundo levando todas as camisas que mamãe costurou pra ele durante vários anos e Rosirene, que trabalhava limpando a casa da vizinha. Quando eles sumiram sem deixar pegada minha mãe entendeu que estava sozinha. Quer dizer, meu pai tinha deixado minha irmã dentro dela. Maria Lúcia nasceu tão pequenininha que parecia minha vó, que tinha começado a fumar quando ainda era criança e quando foi no velório alguém disse que ela tinha se acabado do tamanho de uma bituca de cigarro, esse negócio do demônio que ela tanto amava e que tinha arrastado ela pro inferno.

No tempo que veio depois minha mãe foi entrando num buraco que era o lugar da tristeza. Eu a ouvia dizer seu nome em voz alta sozinha pelos cômodos da casa, e rezar por ele como se ele tivesse ido para uma guerra. Ela parou de dar o peito para a minha irmã e disse pra mim que eu já tinha idade pra ajudar a cuidar dela. Segura a menina, Duda. Eu segurei. Ela me explicou as horas de dar a mamadeira, como dar o bico, como trocar fralda e me disse também que eu não ia mais para a escola. Mamãe precisa voltar a trabalhar e alguém precisa cuidar da Malu, ela disse. Eu cuidava da minha irmã soluçando de tristeza. A coisa que eu mais gostava era ir pra escola. Tinha merenda e tinha meus amigos, e eu era das poucas da classe que já sabia ler, por isso a tia Lurdênia, nossa professora, pedia pra eu ajudar meus colegas que tinham atraso.

Foi pouco depois disso que a fábrica demitiu minha mãe e ela voltou para dentro de casa. Por que seu Heitor não quer mais a senhora lá, mamãe? Tudo na vida é uma coleção imensa de não saberes, minha filha, ela respondeu. Depois ficou calada e eu não disse mais nada porque percebi que ela estava muito mergulhada.

Começou a ser noite todos os dias quando Maria Lúcia adoeceu. O médico pediu um remédio que minha mãe não tinha condições de comprar. A menina não parava de chorar. Berrava o dia inteiro. Se a garganta secar ela se cala, mamãe disse, e parece que era verdade mesmo. Então ela tomou uma decisão que não tinha palavra contra de pastor nem de bíblia que evitasse. Duda, você vai tomar de conta da Malu enquanto a mamãe estiver fora. E daqui pra frente ela vai estar fora todas as noites de todos os dias. Como minha mãe, aprendi a responder que sim com o silêncio.

Dentre as ordens da minha mãe estava a de que as janelas deveriam estar sempre fechadas, nossa casa estava sempre escura, luzes incandescentes acesas. Em pouco tempo eu não sabia mais se era dia ou noite, só sabia o horário quando minha mãe chegava ligeiramente bêbada, o vestido curto amarrotado, sem batom, a blusa cavada desgrenhada e aquele olhar perdido de quem havia adentrado as veredas da noite num caminho sem volta, que eu não sei bem o que quer dizer a não ser pelo sem volta, mas vi num livro da tia Lurdênia e achei tão bonito que nunca mais esqueci. Ela dizia, Vai dormir, Duda, e eu ia, porque sabia que logo mais começaria tudo de novo, sem fim, e eu também estava cansada da lida com a minha irmã.

Em algum momento que eu não sei direito minha mãe começou a chegar em casa mais sorridente e nem me batia mais. Disse que se ela nunca havia deixado faltar nada, agora era que não ia mesmo. Ela estava tão feliz que decidi não contar a ela o que eu agora estava sabendo: minha irmã Maria Lúcia não ouvia nem enxergava. Como mamãe quase nunca perguntava por ela e, quando perguntava, qualquer resposta estava bom, eu não desfiz a alegria dela. Umas tantas horas ela abria a porta de casa e depois abria a porta de um carro bonito, sempre o mesmo, e ia embora pra voltar mais tarde ainda.

Então em uma das madrugadas minha mãe entrou em casa batendo a porta. Pensei, Hoje é dia de apanhar, fiquei só esperando ela gritar Maria Eduarda, mas logo em seguida um homem que estava atrás dela colocou um saco preto na minha cabeça e me levou para dentro de um carro. Eu comecei a gritar pela minha irmã mas percebi que se eu fizesse isso o ar ia se acabando. Tudo ao redor por onde o carro ia passando era silêncio, por isso eu sabia que era hora de todo mundo estar dormindo. Ouvi a voz de um homem dizer Você vai ter que se livrar dessa também depois, e minha mãe disse, Dela não, você falou que seu problema é com criança pequena. E uma menina de nove anos é grande, pra você? Onze, minha mãe respondeu. Não importa. É criança. E pequena. Mamãe começou a chorar. Depois disse pra mim que ia tirar o plástico da minha cabeça e que era pra eu ficar calada enquanto ia me explicar umas coisas.

Quando a gente chegou no casebre no meio do mato o céu começava a ficar de uma cor que eu nunca tinha visto antes. O homem acorrentou a gente juntas, bateu na minha mãe até sangrar. Quando eu fiz que ia gritar minha mãe disse que estava tudo bem. A polícia chegou junto com o carro da reportagem, e eu sei que foi muito tempo depois porque eu estava morrendo de fome e já tinha dormido e acordado várias vezes. Tremendo muito, mamãe falou que tinha sido sequestrada por um homem que a seguiu e invadiu a casa dela e me tirou de lá também. Era um homem com quem ela vinha saindo, disse, e que agora queria controlar seus passos, por isso a coisa havia chegado naquele lugar.

A polícia encontrou o corpo da minha irmã dentro do berço, do jeito que eu havia deixado, sendo que com várias feridas abertas e bichinhos se agitando dentro delas. Minha mãe me mostrou as fotos quando eu cresci mais um pouco. O dia não amanhecia nunca. Até que algum tempo depois mamãe disse que a gente não ia mais voltar para aquela casa. O homem que sequestrou a gente e com quem minha mãe se casou, era um juiz. Um dia você vai entender, ela disse pra mim e, assim como ela, eu também já sabia.

Ganhei um sobrenome, uma casa com piscina, um buldogue francês e estudava em colégio particular. Às vezes vejo minha mãe olhando para as próprias mãos, talvez lembrando do tempo em que costurava as camisas de meu pai. Algumas vezes ela chora, outras sorri. Não duvido que, à noite, ela ainda sonhe que ele vai apertar a campainha da casa onde moramos, anunciando que quer voltar para ela.

Minha mãe nunca ficou sabendo que Maria Lúcia nada via nem ouvia. Se ela souber, vai achar que talvez foi o melhor para a menina, e eu prefiro pensar que ela se culpa de vez em quando.

Atenta ao futuro

Podia passar o dia inteiro procurando motivos. A estiagem. A carestia de tudo. A distância para sair e ir comprar. Os dois filhos dentro de casa sem trabalhar, já que não tinha emprego mesmo em canto nenhum. As constantes ameaças de invasão. Mas seu Leocádio tinha uma certeza: nunca que abriria mão do tanto que havia lutado para ter aquelas terras.

Por isso que quando Mardônio apareceu vindo de Jaborandi, uma cidade a quase 400 quilômetros dali conhecida pela imensidão de campos produtivos e homens muito ricos, que escoavam suas safras para várias partes do mundo, seu Leocádio viu nele a oportunidade para novos tempos. Ainda mais depois que percebera que o homem começou a arrastar uma asa por Gracinha, que ele só vira porque fora ela que atendeu a porta, o que era bem raro, já que a menina ficava a maior parte do tempo dentro do quarto. Naquele dia, porém, a mãe estava no banheiro, lá fora no terreiro, e Jardel, seu irmão, tinha saído com o pai para ordenhar as vacas. Era do pouco leite que elas produziam que faziam um tanto de queijo e vendiam o que sobrava, e assim iam vivendo. O senhor quer o quê?, perguntou para o homem alto de chapéu na cabeça para o qual tinha que esticar o pescoço se quisesse olhar em seus olhos. Ele a viu sem acreditar que uma beleza daquelas existisse num lugar tão calejado e que aparentemente já vira dias melhores, mas que agora era uma casa cujos habitantes claramente vinham tendo dificuldades de manter.

Gracinha na verdade se chamava Hermenegilda, e ganhara o nome pelo qual passou a ser chamada porque vivia de cara amarrada e respondia qualquer um com rispidez. Era bicho cismado, arisco, onça que aparece de relance e some no mato. A alcunha que surgira a partir da ironia, ainda nos tempos do Grupo, onde fez algum estudo, acabou, no entanto, sendo bem aceita por ela, que do contrário só tinha outras duas opções: o nome verdadeiro ou a parte final dele, Gilda, que ela detestava tanto quanto. Era como se ser Gracinha fosse por si só um pequeno milagre. Estava batizada.

O homem pediu para falar com seu Leocádio. Ele não está, disse, fechando a porta, que ele segurou antes que ela batesse, Não tem problema. Eu espero aqui. Ela apontou com o dedo um banco de madeira por ali mesmo, no terreno de terra batida na frente da casa, e fechou a porta. Mardônio foi até o seu carro, pegou uma garrafa d'água e uma carteira de cigarros e fumou pacientemente, entre um gole de água e outro, à espera do homem que acabou aparecendo perto da hora do almoço. Quando se deram bom dia Mardônio se apresentou e disse a que veio, emendando, Aquela moça sua filha, já tem idade pra casar?

Começaram ali uma negociação que incluía uma pequena parte das terras de seu Leocádio, a mão de sua filha e duas armas de fogo, que ele poderia utilizar para se proteger. O governo liberou o produtor rural para ter uma bichona dessas em casa, o senhor sabe, disse Mardônio. Se aparecer alguém aqui para querer roubar as suas terras, esqueça os pedaços de pau que não servem pra nada e ainda lhe colocam em risco. O senhor deixa o sujeito no chão é de longe. Mardônio foi até o carro, pegou as duas armas e as entregou ao homem que queria como futuro sogro. Quando viu os olhos de seu Leocádio, sabia que haviam feito negócio.

    Gracinha, venha cá que eu vou lhe apresentar ao homem com quem você vai se casar.

    No começo foi uma dificuldade para tirá-la do quarto, mesmo diante da ameaça de derrubar a porta. Ela sabia que o pai não queria correr o risco de quebrar nada: o dinheiro para refazer sairia dele mesmo, e era um gasto que ele não podia ter. O irmão gritou do corredor, Larga de ser tonta, menina, é o melhor que pode acontecer a ti! Silêncio. Mas, com o passar do tempo, ela acabou por ceder. Não se surpreendeu quando viu diante de si o homem para quem abrira a porta mais cedo. Ficou parada, cara fechada, sem dizer uma palavra. Mardônio abriu um sorriso e tentou abraçá-la, mas ela se esquivou, deu as costas e voltou para o quarto. O senhor tenha calma, ela é assim mesmo, disse o pai da noiva. Mardônio sorriu. Bom é que ela é bem diferente das outras três. Gosto de mulheres com personalidades diferentes, sempre uma novidade em casa. Agora foi a vez de seu Leocádio não dar palavra. Ele perderia uma parte ínfima das terras, ganharia uma reforma na casa logo que passasse a festa do casório, já tinha as armas para se proteger e receberia um volume de dinheiro considerável por tudo aquilo, o suficiente para não se preocupar mais.

    A negociação não carecia que mais nada fosse colocado em palavras.

    Ninguém nas cercanias se espantou que Gracinha fosse casar aos 16 anos, afinal, era o que acontecia a muitas ali, no passado e no presente, embora nessa última geração o mais comum era que acabassem pegando o rumo da cidade grande antes que um homem chegasse. Ou um filho, o que seria ainda pior, porque mais uma boca pra comer e mais uma preocupação nos fundos das noites. Ao contrário, dali em diante a vizinhança, se é que se podia assim dizer, porque as casas, com poucas exceções, se não ficavam a léguas umas das outras, ficavam a uma distância longe de um grito de socorro e foi esse dito casamento que uniu a região. Homens e mulheres passaram a se reunir para os preparativos da festa, que aconteceria dali a pouco mais de dois meses. A bem da verdade é que os homens mais bebiam do que faziam alguma coisa, mas quem se importava? A alegria era que agora acendiam as lamparinas, puxavam os fios de luz e ficavam conversando e fazendo coisa ou outra em nome da festa, que seria das boas. E que se diga: ninguém se assombrava com a pressa. Ora, se ele já tinha três mulheres e não se importava com mais uma, tanto fazia que fosse hoje ou dali a dois meses. Esse tempo quem exigira mesmo foi Ivana, a mãe da noiva, que disse que a filha não sairia de casa sem pelo menos uma festa de despedida, ainda que permanecesse o tempo todo em seu quarto enquanto as mulheres conversavam e cantavam, afinal era festa delas também.

    Mardônio vinha todo final de semana, chegava junto com a noite num Jeep alto, dos pneus enormes, colocava a noiva ao seu lado e pegavam a estrada. Dizia que iam conversar, era preciso conhecer sua nova mulher, inclusive para falar dela às outras, não seria interessante que ela chegasse na casa nova como alguém de quem ninguém soubesse nada. Elas podem te estranhar, disse à Gracinha, como se ela fosse um gato do mato. As poucas palavras que ela dizia eram em geral curtas como sua paciência. Então, numa dessas noites de estrada Mardônio a levou por caminhos que esbarraram numa estrada estreita, ele parou o veículo, desligou os faróis e ficaram no breu. Aos poucos os olhos foram se acostumando e eles conseguiram mais ou menos se enxergar. Gracinha arfava. Mardônio, suado apesar do ar-condicionado do veículo, disse, Escuta, Gracinha, seu pai precisa que você se comporte. É pro bem dele, da sua mãe e do seu irmão. Não tem mais volta, você vai morar comigo assim que a festa acabar, está tudo ajeitado com seu pai. A menina calada, estoica. É melhor você começar a responder quando eu te perguntar alguma coisa. Meteu-lhe a mão por entre as pernas, segurando sua xoxota como quem segura uma fruta madura. Eu podia fazer o que eu quisesse aqui agora mesmo. Você já deve ter dado muito por aí no meio dessa terra seca de macho seco. Mas eu não vou. Eu não vou porque eu só quero conversar, Gracinha. Fizeram o caminho de volta em silêncio. Ele deu boa noite e disse, Semana que vem eu volto. Ela saiu do carro e, naquele dia, achou melhor dizer boa noite também.

Na semana seguinte Gracinha começou a participar dos preparativos do próprio casamento. Fez questão de se manter sem dar muita palavra, e sobre o futuro marido não disse nada. Via onde as mulheres iam juntando o material de decoração, e onde os homens bebiam e falavam bobagens até de madrugada. Foi em um desses dias que Gracinha, buscando faca ou tesoura encontrou numa gaveta o local onde o pai guardava as armas que lhe foram cedidas pelo seu noivo. Fechou com susto e força, como se tivesse encontrado dentro dela uma cobra. Voltou para junto das mulheres, onde ficou ajudando com os laços, as fitas e bordados. Não conseguiu dormir àquela noite e, no quarto ao lado, ouvia o pai e a mãe fazendo os barulhos típicos do sexo e ficou a imaginar se precisaria mesmo ser daquele jeito quando chegasse a sua vez.

Quando o futuro marido chegou, Gracinha estava ainda impassível, mas menos distante. Até colocara um vestidinho mais alegre. Com ele, e só com ele, passou a dizer mais do que palavras breves. Pediu para que ele chegasse mais cedo: queria enxergar melhor os seus olhos. Aproveitou a claridade com que passou a surgir por lá para ensinar sua futura mulher a dirigir. Pode não parecer, mas eu gosto de mulher que saiba resolver as coisas, e você pode acabar precisando resolver alguma coisa pra mim. Gracinha concedeu. Mardônio a devolvia feliz para os pais. Apaixonara-se por ela; era isso o que desejava desde o início. Dali a uma semana haveria a festa, e ele tinha certeza de que conseguiria fazer com que ela se apaixonasse por ele também assim que começasse a viver junto dele e das outras.

No dia da festa dançaram, ainda que, se houvesse alguma alegria em Gracinha alguém só poderia dizê-la se fizesse esforço para enxergá-la através de seus olhos. Todos da região estavam ali, comendo, sorrindo, bebendo e dançando. Havia chovido um pouco, e a lama sujava as roupas, mas ninguém se importava. A mala com os poucos pertences de Gracinha já estava no Jeep de Mardônio – quando a festa fosse dada por acabada, era só se despedir dos convidados e da família, rumo a um novo destino.

Algumas horas depois ela disse que queria ir embora. Era hora, avisou. Não quer esperar o dia amanhecer? Minha vida é no escuro, disse sem que ninguém entendesse. Despediu-se de todos, deu um beijo nos pais e no irmão, pegou uma sacola e subiu no Jeep, dessa vez sozinha.

Quando estavam ainda a muitos quilômetros da nova casa em Jaborandi, Gracinha retirou da sacola uma das armas que o agora marido dera a seu pai, ordenou que ele parasse o carro, agradeceu por tê-la ensinado a dirigir, dizendo que a ideia dele fora mesmo muito boa, e disse que ele saísse.

Horas depois, ao abrir a gaveta, Jardel percebeu a ausência de uma das armas e, com o passar dos dias, também a ausência de qualquer palavra da irmã. E eu que achava que seu jeito vertida para dentro era porque ela fosse meio burrinha, pensou o irmão diante da gaveta com uma arma a menos.

Entenderam que a haviam perdido para sempre.

Nunca mais se soube notícias de Mardônio, e seu carro jamais foi encontrado.

O que importa é que finalmente Gracinha seguia seu destino e sorria.

E sorria.

Formas de afeto

Avisei aos meus irmãos que mamãe ia passar a morar comigo logo depois que ela teve o AVC. Como esperado, eles não tentaram me demover da ideia, sei que por dentro estavam festejando, os miseráveis. Mas quando eu precisar, um de vocês três vai ter que aparecer para que eu possa fazer uma viagem, resolver algum problema ou simplesmente me dar um descanso. Não vou me tornar escrava de ninguém, disse a todos, numa reunião improvisada que fiz com eles bem de frente à UTI, quando ela ainda estava no hospital entre o morre e o não morre.

No dia da alta hospitalar fomos todos recebê-la. Em cadeira de rodas e muito abatida, nossa mãe parecia nos olhar sem nos reconhecer. Ficamos nós quatro parados em volta dela, ela olhava, olhava, depois o olhar vagava para algum lugar acima de nós, para as paredes brancas do hospital, a boca querendo dizer alguma coisa mas sem conseguir, os dedos da mão se agitando nos braços da cadeira diante da frustração pela palavra não dita. Então, o animal agonizante no qual minha mãe se tornara soltou todo o ar dos pulmões e baixou o olhar para suas próprias pernas, quietinha como se tivesse levado um grito ao tentar falar. Era preciso quebrar o peso daquela ebulição de dores, por isso eu me posicionei atrás da cadeira e disse, O Evaldo vai me ajudar a colocá-la no carro, mamãe. Ela continuou quieta. Aquele esforço extremo, aliado a todo o tempo que passara acamada, exaurira a mulher que ela um dia fora.

A primeira providência foi contratar uma cuidadora para lidar com ela. Edneuza era uma mulher experiente e, como inúmeras, tinha feito curso técnico de enfermagem numa dessas faculdades meia-boca, achando que isso daria garantia de um futuro melhor, coitada.

Seguindo a recomendação médica, além de uma dieta rigorosa, minha mãe iria passar por várias sessões de fisioterapia e de fonoaudiologia. Não alimente esperanças quanto a ela voltar a ter a autonomia de movimentos que teve um dia, dona Solange. E é provável também que ela não volte a falar, no máximo vai esboçar alguns sons ligeiramente compreensíveis para melhorar a comunicação entre vocês. O AVC que ela teve devastou áreas importantes do seu cérebro, e pra ser sincero, se a senhora acredita em Deus, considere o fato dela estar viva um milagre, disse o médico. Eu ouvi tudo, indiferente.

Aos poucos minha mãe foi recobrando alguns movimentos. Começou também a resmungar quando não queria alguma comida, e em pouco tempo reaprendeu a jogar no chão pratos de sopas e frutas cortadas, dizendo coisas ininteligíveis que eu só podia imaginar serem xingamentos, mas que aquela boca torta dela não nos deixava entender.

Numa das idas ao médico, depois que eu relatei os últimos acontecimentos, ele perguntou se vínhamos dando banho de sol nela nas primeiras horas da manhã. Não, eu disse. Pois ela precisa ativar a vitamina D, ele devolveu. Todos os dias, peça à cuidadora para ficar com ela meia hora tomando sol. Eu disse a ele que ia fazer isso. Comprei no Mercado Livre uma campainha digital que, ao ser apertada, disparava um sinal sonoro que reverberava por toda a casa e a entreguei para a minha mãe depois de ensiná-la a usar o aparelho. Quando o calor do sol começar a incomodar, aperte o botão azul e a Edneuza vem aqui levá-la para dentro de casa.

O médico estava certo. O sol fez com que minha mãe ganhasse uma disposição que não tinha desde que saíra do hospital. Eu quase comecei a acreditar que um dia ia voltar a vê-la falar e caminhar como antes, o que me dava um certo temor, porque com o progresso dos exercícios fonoaudiológicos e fisioterapêuticos, em tudo minha mãe começava a parecer novamente a mulher que fora na infância para seus quatro filhos.

Meus três irmãos e eu crescemos cuidando uns dos outros, porque nosso pai havia nos abandonado antes do mais velho fazer quatro anos. Um dia, minha mãe pediu que ele saísse para comprar arroz, ele saiu e não voltou mais. Naquela noite, impávida, minha mãe fez macarrão, que comemos em silêncio. Embora julgasse ter sido deixada por outra mulher, nunca soubemos o que aconteceu ao meu pai. Por conta disso, minha mãe se viu tendo de trabalhar horas incontáveis e, quando nem isso garantia a qualidade de vida que ela queria, começou a se prostituir como forma de levantar um dinheiro extra, de modo que, trabalhando pela manhã até o fim da tarde e indo para a rua à noite, minha mãe nunca estava em casa. Passamos a infância e a adolescência ouvindo que ela se arrependia de ter tido aquela quantidade de filhos e que se voltasse no tempo não teria nenhum: um bando de imprestáveis, era como ela se referia a nós. Imprestável um, Imprestável dois, Imprestável três, Imprestável quatro, de acordo com a ordem de nascimento. Em dado momento da minha vida eu me perguntava se ela ainda lembrava dos nomes que havia nos dado... Por outro lado, nunca deixou faltar o que quer que fosse. Dos uniformes escolares ao creme dental: tínhamos todo o mínimo de que precisávamos em nossa casa. Exceto amor.

Isso durou até ela encontrar um cliente que se apaixonou por ela, um tal de Odair. Em menos de duas semanas esse homem passou a morar com a gente. E se já não tínhamos uma figura muito maternal por perto, o resquício que tínhamos se apagou completamente quando ela passou a se devotar completamente à existência de Odair e a nos tratar com ainda mais brutalidade. Se fazíamos qualquer coisa, os dois batiam em nós quatro simultaneamente. Nossa casa virou um antro de pancadaria. Ela passava semanas sem colocar qualquer comida na despensa, emagrecíamos a olhos vistos. Então, o Imprestável um resolveu sair de casa seguido por mim, a Imprestável dois. Os Imprestáveis três e quatro foram morar cada um com um irmão, até poderem eles mesmos garantir suas subsistências e ganhar qualquer arremedo de independência. Éramos quatro infelizes; um a menos porque antes éramos cinco e agora minha mãe parecia feliz. Era a isso que eu me apegava: alguém naquela família tinha encontrado o rumo do contentamento, mesmo que degradando a vida dos demais. Nunca tentei pensar em termos acusatórios sobre a legitimidade da atitude de nossa mãe, se era justo o que ela fizera conosco para viver uma vida ao lado de alguém. Resignei-me a uma vida familiar desgraçada e acho que meus irmãos fizeram o mesmo.

Seguimos nossos caminhos mais ou menos separados, nos encontrando apenas ocasionalmente, até que, anos mais tarde, soubemos da morte de Odair. Um câncer que o levou menos de um mês depois de descoberto, disse minha mãe a mim. Àquela altura da vida ela já parecia uma mulher mais serena, sem tantos achaques pretéritos. Parecia que tinha sido feliz de fato ao lado daquele homem. Havia sido mesmo necessário se desfazer dos filhos para conseguir viver seu ideal de felicidade, compreendi naquele instante. Me chamou pelo meu nome, o que considerei um ganho. Então, ouvi o que ela havia me chamado para pedir: Não quero morar com nenhum de vocês, muito menos na casa onde morávamos todos juntos e que foi a única coisa que seu pai deixou, mas gostaria de morar perto. Estou ficando velha, embora tenha conseguido manter minha cabeça longe do Alzheimer e meus músculos mais ou menos rígidos. O motivo, minha filha, é querer fazer o caminho de volta.

Já era tarde, porém, porque meus irmãos não acreditaram na verdade daquele pedido. Achavam que ela queria era ter alguém para cuidar dela no último estágio da velhice e não morrer com o mesmo destino que havia imposto a nós. Eu fui a única que abracei a ideia. Então veio o AVC, poucos meses depois dela alugar um apartamento pequeno perto de onde eu morava, e a teoria dos meus irmãos acabou se tornando verdadeira por vias tortas.

Descobri um pouco tarde que eu não estava preparada para voltar a ser maltratada pela minha mãe, o que vinha acontecendo todos os dias desde que ela recobrara um pouco mais as suas forças. Ainda mais depois que todos os exames neurológicos foram feitos e nos certificamos de que ela estava bem. Não era nenhum comportamento advindo indiretamente do acidente vascular cerebral, não era Alzheimer. Era a maldade de sempre, o desejo de nos humilhar e mostrar quem estava no controle. No começo Edneuza só ria, achava a grosseria de minha mãe engraçadíssima. Dona Solange, mantenha a calma, por mais que ela esperneie, jogue as coisas, grite, ela não pode sair daquela cadeira de rodas sozinha nunca. Quem tem o controle, afinal?, ela dizia. Aquilo não me convencia. Eu continuava não tolerando o comportamento cíclico de minha mãe, que me levava direto a uma infância que eu só queria esquecer.

No ano seguinte, ela teve uma pneumonia. Fizemos o tratamento em casa, conforme os médicos sugeriram, depois de uma internação breve. Meus irmãos, que nunca vinham visitá-la, passaram a vir juntos no mesmo carro, observá-la deitada na cama, num estado semivegetativo, a pele do corpo fina, frouxa sobre os braços e pernas, as bochechas caídas, os dedos tocos de ossos nos quais se enxergavam as veias fininhas indo de um lugar a outro, e um olhar desalentado, de quase penúria. Percebi naqueles dias que lhes dava uma espécie de mórbido prazer vê-la definhar. Parece que sua trabalheira está prestes a acabar, não é, Solange? Eu ficava calada, mas ouvia-os conversando entre si sobre todas as maldades que nossa mãe fez a nós durante tantos anos. Em silêncio, eu rememorava tudo ouvindo meus irmãos falarem, sentia minha pele suada, meu coração acelerado. Era como se estivesse naquele lugar chamado infância novamente, o filme de terror no qual eu vivi e do qual eu parecia jamais conseguir escapar.

Minha mãe passava a maior parte do tempo no quarto, cada dia um pouco mais despojada de humanidade. Só saía da cama para tomar os banhos de sol diários.

Foi quando Edneuza ligou dizendo que estava um pouco febril e que não poderia ir àquele dia que eu resolvi colocar em prática a ideia que há tempos eu vinha fermentando dentro de mim. Como ela não morava tão longe, disse a ela que iria buscá-la apenas para que me ajudasse a colocar mamãe na cadeira de rodas para o banho de sol e que depois eu a deixaria em casa. Ela concordou. Fui até a gaveta onde eu guardava a campainha eletrônica de minha mãe, retirei a bateria que estava em uso e coloquei uma antiga, que não servia para nada mas que eu guardava para descartar num local apropriado para objetos do gênero, aonde eu ia uma vez a cada dois meses. Mesmo com mamãe fraquinha, ela ainda se agarrava àquele aparelho como à própria vida, era melhor não correr riscos.

Edneuza entrou no carro e eu vi seu estado de ânimo pelos olhos. Assim que ela entrou em casa e me ajudou a colocar mamãe na cadeira de rodas eu desliguei as câmeras que filmavam o portão de entrada. Ela levou minha mãe para o sol, como sempre. Quando fiz menção de deixá-la em casa, ela me pediu para deitar-se um pouco no quartinho lá atrás que ela utilizava. Estava se sentindo um pouco tonta. Não era bem o que eu planejava, mas concordei. Ela não poderia desconfiar de nada, claro. Mais de uma hora depois, eu a vi levantar-se e ir para o banheiro. Liguei a televisão da cozinha num volume alto e passei a chave por fora, trancando Edneuza lá dentro. Quando terminou o que tinha ido fazer, ela tentou abrir a porta e não conseguiu. Chamou por mim, que me demorei uns três minutos até ir lá, alegando que não tinha ouvido. Fiz força pra abrir a porta, concluindo que ela havia se trancado e a porta estava emperrada. Doente, cansada, precisando de cama, Edneuza começou a chorar baixinho. Eu disse que achava que tinha uma outra chave daquela porta, quem sabe por fora eu não conseguiria? Disse a ela que iria procurar uma chave que eu sabia o tempo todo estar no meu bolso. Quando finalmente abrimos a porta, ela perguntou, apavorada, E a sua mãe, dona Solange? Eu fiz uma cara de espanto e disse Meu Deus! correndo para o lugar onde ela ficara esturricando sob o sol. De longe, vi a campainha eletrônica no chão. Edneuza pegou-a no colo sem minha ajuda, retirando de dentro de si uma força descomunal, e levou-a para a primeira cama que viu. Minha mãe estava completamente urinada e repleta de fezes em suas fraldas geriátricas, e não respondia a estímulos. Enquanto Edneuza tentava reanimá-la, fui até a gaveta e devolvi a bateria que funcionava ao aparelho. Testei. O sinal sonoro ecoou por dentro da casa. Cheguei em Edneuza, que me comunicou que minha mãe estava morta e falei, Ela deve ter morrido pouco depois de a colocarmos sob o sol. A campainha estava funcionando. Fique calma. Venha cá, não chore, não chore, disse eu, consolando-a.

A polícia nos levou para saber o que havia acontecido. Contei tudo a eles. Bastava eles verem as evidências: ela chegou atrasada, tanto que eu tive que ir buscá-la. Depois foi dormir, quando eu imaginava que ela estava cuidando da minha mãe. Eles viram a filmagem da câmera, conversaram com os vizinhos.

Edneuza foi presa, acusada de negligência.

Antes ela do que eu.

Pelé

De repente o alvoroço na rua e a gente dentro de casa sem entender o que era. No meio da enormidade de barulhos indistintos, uma voz se sobressaiu, Corre aqui, cumadi Luiza, tão dizendo que o Everardo levou um choque e ficou pregado na bicicleta.

Everardo era o meu irmão. Eu, meu pai, minha mãe e a Lurdinha, que trabalhava ajudando a mãe com os doces que ela fazia pra vender, fomos pra fora já meio tontos, não querendo saber o que a gente precisava saber mesmo que jamais fôssemos ser capazes de compreender algum dia.

Meu irmão desejou comer quindim e a mãe disse que fazia se ele fosse comprar o material que faltava. Me dê o dinheiro que é pra já, ele disse. E ela deu. Ele pegou a bicicleta e foi passando por dentro das poças de lama, a roupa encharcada, o cabelo tão ensopado que cobria os olhos. E ele sorrindo de uma tão calejada alegria.

A mãe sempre ficava mais generosa com a gente no período de férias. Não que ela não fosse em outras épocas, mas nas férias ela ficava mais. Anos depois eu soube que ela trabalhava pelo menos duas horas extras todo dia perto das férias chegarem pra juntar um dinheirinho pra gastar com a gente. Talvez fosse porque nunca tivesse dinheiro pra ficar esbanjando, aí quando a escola parava ela gostava de fazer nossas vontades. As pequenas, porque as grandes só quando fosse do nosso próprio dinheiro, ela dizia sorrindo.

E agora se o Everardo tivesse morrido ela nunca mais que ia sorrir de nada.

Meu irmão tinha sido levado de ambulância para um hospital na cidade vizinha. O que aconteceu foi que na volta a chuva engrossou e com medo de arruinar os ingredientes do quindim ele parou debaixo de uma árvore pra esperar a chuva afinar. Mas aí veio um raio mesmo em cima da árvore e meu irmão foi atingido junto.

O pai pegou o carro e a gente largou tudo para ir até o hospital onde meu irmão estava. Só Lurdinha ficou em casa porque alguém tinha que ficar lá para cuidar das coisas e ouvir alguém que trouxesse mais detalhes do acidente. Fomos tão depressa que eu nem via direito o que passava pela janela. Até hoje acho que meu pai não queria enxergar com clareza todas as árvores na beira da estrada: ele, que só havia plantado filhos.

O médico perguntou se a gente era forte. Minha mãe abriu logo um choro alto e meu pai disse que era porque precisava ser, já imaginou se fosse chorar do jeito que chorava sua mulher? Eu fiquei calado porque força a gente só sente, a gente nunca sabe. Nisso o médico se apressou em dizer que ele estava vivo, mas que estava muito desfigurado por conta da brutalidade do acidente, que tinha deixado muitas queimaduras, além de outras lesões ocasionadas pela queda da árvore.

A primeira coisa que percebi quando entrei na enfermaria era que ali não estava o meu irmão. Percebi também que a pele dele tinha ficado preta em muitos lugares. Ele me dizia quando a gente era ainda mais novo que queria ser preto. Queria tanto ser pretinho, Hermano, se eu fosse preto eu ia jogar igual o Pelé. Eu dizia que ele deixasse de besteira, que a cor não era o que fazia do Pelé um grande jogador. São as pernas e a inteligência tática, eu dizia, repetindo o que ouvia os meninos mais velhos falarem na escola, porque eu não fazia ideia do que fosse inteligência tática. E também eu odiava futebol. Do Pelé eu só sabia da fama, e da brincadeira idiota que tínhamos naquela idade de perguntar a algum de nós que demorasse muito no banheiro se tinha ido colocar o Pelé pra nadar. Mas Everardo não. Ele acompanhava tudo como fosse possível, ia na casa dos moleques que tinham televisão, via os álbuns com as fotos dos jogadores da seleção e até ganhava de um ou outro uma figurinha repetida. Chegava em casa tão contente que nem parecia que não tinha álbum pra colar.

No outro dia meu irmão morreu preso na mesma cama para onde havia sido levado. Morreu sem dizer nada, nas suas últimas horas só conseguiu manifestar dor e ainda assim em gemidos. Se tentou, não conseguiu dizer uma palavra.

Nossa mãe passou muito tempo sem cozinhar. Era a Lurdinha quem levava tudo nas costas. Às vezes eu ajudava, porque tinha pena, mas os pedidos caíram muito porque parece que as coisas não ficavam muito boas se a mãe não metesse o dedo, então como não precisavam mais de mim, parei.

Quando voltei pro colégio todo mundo queria saber da minha boca o que tinha acontecido com meu irmão, a ponto da diretora pedir para me deixarem em paz. Mesmo assim ainda tive que repetir a história muitas vezes. Nunca que soube de alguém que conseguiu paz para si ou para os outros apenas assim, pedindo.

Era em casa, no entanto, que estava a verdadeira dor. Minha mãe havia se tornado um fiapo. O jeito de andar, de se vestir, de falar, eram de outra pessoa. Quando falava era para dizer que se ela não tivesse mandado o menino pra budega comprar os ingredientes ele ainda estaria debaixo do telhado daquela casa, vivo. Não adiantava que a gente dissesse que ele foi embora porque foi chamado, mamãe sempre foi muito pé na terra. Não adiantava. Só acreditava no que ela podia tocar e era por isso mesmo que trabalhava com as mãos, costumava dizer.

Foi com as mãos que ela deu o nó na corda. E foi com os pés que empurrou a cadeira.

Existem muitas maneiras de dar um fim na saudade.

O que se sabe do amor

    Gostaria de começar dizendo que eu casei para ser feliz – o que parece uma obviedade, ninguém casa para ser triste, embora os números de divórcios estejam aí, dando ares de sinônimo à infelicidade. Mas o que quero dizer é que eu só decidi pelo casamento quando tive a certeza de que estava disposta a lutar.
    Não que eu não estivesse antes. E batalhas eu lutei. Almir não me deixaria mentir, caso você pudesse conhecê-lo e perguntar a ele sobre isso. Foram muitas, incessantes. Imagine o que é você ter sido criada a vida inteira para ser a princesa de uma família composta de primos homens e um irmão mais velho, e se apaixonar por um açougueiro, profissão considerada digna de um ogro por todo mundo menos você. Um homem que cuida de carne de bicho morto, que chega em casa com restos de animais abatidos sob as unhas, cheiro de carne e sangue pelo corpo, e que trabalha num ambiente estritamente braçal, onde o serviço é feito de forma mecânica, sem espaço para o pensamento ou reflexão sobre coisa alguma. Bom dia, o que vai querer, senhora? Um quilo e meio de filé, dividido em duas bandejas de 750 gramas. Era assim sempre, vi inúmeras vezes nas suas mais possíveis variações. Foi assim comigo. E foi ali mesmo, com o homem de facão na mão, que eu me apaixonei. Mesmo quando ele disse, confirmando, A senhora vai querer duas bandejas de setencentas e cinquenta gramas? Com o passar do tempo de namoro eu tive intimidade para fazer a devida correção: *setecentos* e cinquenta gramas, *quinhentos* gramas, *novecentos* gramas. Grama no feminino só aquela que

nasce no chão. Em se tratando de peso, o número vem no masculino, expliquei a ele didaticamente, que mesmo assim continuou dizendo quinhentas, duzentas, trezentas... E ainda fazia cócegas no meu pescoço e nariz, dizendo, entre risadas e fazendo um tom de voz gaiato, Minha menina é médica mas pelo visto queria era ser professora de português. Deixei pra lá.

Porque meu encantamento era por aquele sorriso que ficava entre o carinhoso e o safado. E a sua grande dimensão humana, que eu enxergava em seus gestos mais simples. Mesmo quando ele percebia a diferença de tratamento que davam a mim e a ele, Almir permanecia inabalável. E claro, aqueles braços capazes de levantar um bezerro morto sozinho. Sempre fui magra – minha mãe jamais permitiria que eu engordasse – e sentir aqueles braços ao meu redor, me tomando inteira para junto do seu corpo, era garantia de que fluidos me percorreriam toda e me deixariam pronta. E eu sempre estava pronta para o Almir.

A primeira pergunta que Daisy, minha melhor amiga à época, me fez, foi como era namorar um brutamontes. Eu não entendi o que ela queria dizer com aquilo, que eu sentira como se fosse um ataque, e era. Vocês conversam sobre o quê, sobre abate de vacas e porcos e como é trabalhar num ambiente predominantemente masculino, onde seguramente no fétido banheiro deve ter um calendário de mulheres nuas decorando o recinto? Eu me calei por um segundo e disse, Não deve ser pedir muito querer não ser julgada pelas minhas escolhas. Àquela altura eu já estava nervosa. Olhei para os lados com a nítida sensação de que todos naquele café davam razão, em burburinhos, à minha amiga. Você não está sendo julgada por suas escolhas, está sendo questionada sobre sua capacidade de *permanecer* com tais escolhas. Ao ouvir aquilo, abri minha carteira, deixei sob o porta-guardanapos o valor da minha parte na conta, pedi licença e me retirei.

O encontro com Daisy não seria nada diante do choque com meus pais. Eu não criei você todos esses anos para vê-la se amancebar a um desqualificado. A preocupação de minha mãe era com o status do meu futuro marido, sua capacidade de prover o sustento, preferencialmente, sem que eu tivesse que trabalhar, e antes mesmo de tudo isso, sua condição para contribuir com a nossa festa de casamento. A preocupação do meu pai era outra: Não se brinca com essa gente, minha filha. Homem que passa o dia pegando em facas, em objetos cortantes, misturado àquele monte de outros homens conversando baixezas – um homem desses, com raiva, pode acabar lhe fazendo uma monstruosidade. Eu não vim aqui para lhes pedir autorização. Eu vim apenas informar quem está na minha vida a partir de hoje, porque vocês me verão com ele, e exijo que ele seja bem tratado. Se não for, eu deixo de pisar aqui.

No começo, meu pai me ligava choroso, dizendo que minha mãe passara a tomar remédio para dormir. Eu disse a ele que ela se preparasse para tomar um para depressão também, e desliguei. E aconteceu isso mesmo, ela entrou em depressão porque não aguentava ver a filha namorando um homem com quem ela achava ser impossível conversar cinco minutos. Veja o que você está fazendo com a sua mãe, Graziella, meu pai me dizia. Eu disse a ele que só me ligasse, dali em diante, quando o assunto fosse completamente outro, ou eu desligaria e me veria obrigada a bloquear os números deles no meu celular.

Por causa dele me afastei da maior parte dos meus amigos – se eles não aceitavam o casal que formávamos, era um sinal de que eu precisava de outras pessoas por perto. Foi nessa época que eu decidi que queria casar com Almir. Há mais de um ano e meio éramos praticamente só nós dois: que oficializássemos a união para a luta. Há coisas das quais, porém, por mais que tentemos, não conseguimos nos desvencilhar. Jamais fiz menção a casamento, nem insinuei o que quer que fosse: a ausência de atitude, ainda que expressa na minha vontade, era fruto de um comportamento que eu fui criada para ter. Deixei que ele me procurasse e falasse sobre o assunto, o que não demorou a acontecer. Já estávamos morando juntos há quase seis meses, e ele compreendeu que era este o passo seguinte a ser dado.

Ao contrário dos prognósticos de todos, fomos felizes por dezoito anos e dois filhos. Almir tornou-se um marido interessado, um bom ouvinte. Buscava aprender a ser o melhor pai para os nossos filhos – ler para eles, brincar com eles, fazer as refeições juntos. Voltou a estudar, entrou para uma faculdade e saiu do açougue. Organizamos os horários dele para que gerenciasse meu consultório; assim, trabalhávamos juntos, e foi bom. Nos reaproximamos da minha família. Se ele não era a pessoa mais querida, saíra do espectro da rejeição. Mas as brincadeiras continuavam. De vez em quando, em algum evento familiar, alguém fazia um comentário em referência a uma pessoa que Almir não era mais – pelo menos não em termos práticos. Durante o churrasco em que comemorávamos o aniversário de um primo, um tio comentou em tom ligeiramente irônico, Quer dizer então que além de investir na sua educação, agora a Graziella resolveu torrar dinheiro em cursos de modos e hábitos refinados, é isso, Almir? Se for, vocês estão de parabéns.

No carro, quando íamos para casa, ele desabafou comigo. Disse que faltou muito pouco para ele pegar meu tio pelo pescoço e torrar a cara dele na churrasqueira, e que era melhor ele parar de frequentar as festas familiares porque sabia que não iria se segurar por muito mais tempo. Havia um ódio tão grande em sua fala que pela primeira vez eu senti medo. Ainda assim, pedi que não. Disse que iria falar com todos. E quantas vezes sua conversa com sua família ajudou em alguma coisa, Graziella? Eu vou lhe dizer o que está acontecendo: sabe aqueles grupos de amigos, quando a gente é criança ou adolescente, onde tem um que é aceito para servir de saco de pancada? Às vezes até reclama, mas não faz nada porque sabe que se reclamar vai ficar sozinho no recreio? Sua família resolveu me "aceitar" para isso. Queriam ter alguém que aguentasse toda a pancadaria sem reclamar. Até aqui eu aguentei, mas não respondo mais por mim daqui pra frente.

A partir daquele dia, achei melhor recusar os convites para aglomeração familiar, o que, em se tratando de gente escrota, não lhes modificou os hábitos, apenas amenizou o tormento do meu marido, uma vez que o que eu ficava sabendo esbarrava em mim. Almir seguramente intuía, mas nunca mais ouviu coisa alguma.

Se não tínhamos mais o problema de enfrentamento direto com os meus, havia agora um problema dentro de casa. Fabiano claramente se sentia incomodado com o pai, a quem não via como referência. Achava-o um fraco por "não ter uma profissão", por achar que ele se subjugava a mim e que não tinha poder de decisão dentro de casa. Comecei a sair um pouco mais de cena para que ele entrasse, e por um tempo deu certo. Eles faziam muitos programas juntos, iam a cinemas, livrarias, parques – até que um dia ele resolveu perguntar se o dinheiro das entradas para o museu, que ele acabara de comprar, havia sido dado por mim. Conforme soube depois, Almir esbravejou com o menino na frente de todos, acusando-o de humilhá-lo e torturá-lo com aquela história, que o dinheiro que vinha do consultório era meu e dele, ponto final. Em seguida, num extremado gesto infantil, jogou os papéis picados sobre a cabeça do Fabiano, deu as costas e foi embora.

Dali para frente não haveria mais diálogo entre os dois. Nossa filha Laura, dez anos mais nova que Fabiano, perguntou o que estava acontecendo com o pai e o irmão. Para uma criança de oito anos, certas perguntas podem ser ignoradas sem necessidade de muita elaboração, e foi o que fiz.

Compreendi que aparentemente o tempo que Fabiano passava na casa da avó, para onde outros familiares iam com frequência, estava colaborando demais para a percepção que ele tinha do pai. Depois do episódio, ele decidiu ir morar uns tempos com ela. Uma vez por semana íamos visitá-lo e o levávamos a algum lugar. Fabiano saía de casa com a cara fechada. A maior parte das vezes não queria interagir, e sempre que tinha uma oportunidade, provocava o pai.

Nessa ciranda onde o amor dava lugar à rejeição, terminamos por ser afetados. Fazíamos da rotina uma oportunidade para o desamor. Deixamos de fazer sexo, de nos importar um com o outro. As constantes demonstrações de estupidez do meu marido – que ele chamava de "gênio forte", como se isso fosse justificativa – exigiam de mim uma resposta, pelo menos dentro da minha compreensão de nunca aguentar qualquer tipo de violência calada. Íamos juntos para a clínica, voltávamos juntos, não havia necessidade de perguntar como o dia havia sido, porque o sabíamos – ou era isso o que pensávamos.

Matheus me ligou quando estava saindo da clínica. Mana, preciso da sua ajuda. Meu irmão já havia me dito aquela frase em suas muitas variações uma centena de vezes ao longo da vida. Antes, eu me preocupava, agora, eu já me preparava para retrucar com deboche, mas deixei que ele terminasse. Valentina me deixou. Eu não tenho para onde ir. Aquilo também não era novidade, e eu já tinha explicado, com muitos pormenores, que não era mais o porto seguro dele para situações extremas.

Desde a adolescência Matheus se colocara na vida como um causador de problemas. Começou roubando pequenas coisas em lojas de departamento, como forma de se afirmar entre seus amigos, que tinham práticas semelhantes. Depois, passou a beber escondido, e logo em seguida, a usar drogas. Como roubar coisas lhe parecia ser a maneira mais fácil de conseguir comprar a droga que consumia, foi o que fez, e o que o levou à prisão pela primeira vez. Naquele tempo, eu cometia um erro que por muito tempo faria com que eu me culpasse: eu acobertava os erros do meu irmão. Tanto que quando ele foi preso e não tivemos a quem recorrer a não ser aos nossos próprios pais, eles levaram um choque. Como podia um jovem de família estruturada, com direito a boa educação, boas relações, desvirtuar-se para aquele caminho? Eu também não sabia, mas sabia agora que o que fizera fora, de certa forma, um incentivo para que ele continuasse indo por onde estava.

Saiu da cadeia porque meu pai pagou um advogado. Fizemos com que ele nos prometesse que mudaria de vida. Nós, os três patetas diante dele, de uma ingenuidade que só a fé, esse miasma incontrolável, nos torna capazes de acreditar numa força que depende de um olho que nada vê. Ou era isso ou era uma esperança ázima, que àquela altura já deveria ter nascido defenestrada, mas a qual nos segurávamos como a uma corda que pudesse nos retirar de um precipício.

Como cumprimento da promessa, seu passo seguinte foi formar uma quadrilha. Quatro homens que se conjuraram para planejar e roubar uma empresa de telecomunicações. Na perseguição policial que se seguiu, ele levou sorte três vezes: foi ele que saiu do local com o saco de dinheiro; as câmeras de segurança, que naquele tempo eram bem rudimentares, não permitiram que nenhum deles fosse identificado e, por fim, ele foi o único a tomar um rumo diferente dos outros três, que foram mortos. Sem ninguém para lhe delatar, Matheus conseguiu passar anos escondido no Paraguai. Depois subiu para a Bolívia, o Peru, e foi se esconder numa cidade minúscula no Equador. Foi de lá, quase oito anos após o roubo à empresa, que eu recebi uma ligação dele, dizendo que estava vivo, e que pretendia voltar para o Brasil sob um outro nome, e casado com a filha de um rico empresário colombiano, o que lhe garantiria um recomeço do zero. Abririam um restaurante popular, viveriam de forma discreta e modesta, foi o que ele me disse.

Por um tempo funcionou, mas então Valentina descobriu a origem do dinheiro que Matheus possuía, e como tinha receio de não ser aceita pelo pai se pedisse o divórcio, suportou conviver com todas as mentiras que meu irmão – que para ela se chamava Antonio – lhe contara a vida inteira. Ou ele a convenceu de que dissera tudo aquilo para proteger a ambos. Depois disso, porém, a vida do casal passou a ser baseada na desconfiança, onde nada prospera e por algumas vezes ela exigiu que ele saísse de casa. Com medo do que ela pudesse fazer com o que sabia, ele saía, quase sempre apenas com a roupa do corpo; ia para alguma pousada, ou então me ligava dizendo que precisava de ajuda. Em umas duas ocasiões, eu paguei a pousada até que eles se reconciliassem. Depois, passei a desligar o telefone assim que eu reconhecia a sua voz. No entanto, não tinha coragem de mudar de número – no fundo eu sabia que ia perdê-lo, mas queria saber quando, não queria relegar ao abandono completo o meu único irmão.

Por isso que, no dia em que ele me ligou pedindo ajuda pela enésima vez, no meio de mais uma crise conjugal, e talvez por eu também estar passando por uma crise, resolvi fazer novamente o que eu fizera a vida inteira. Ao menos nisso nos entendíamos: não importa se tentássemos mudar de vida ou de comportamento, continuávamos a retornar aos mesmos erros.

Fui convidada para dar uma palestra numa faculdade que ficava no bairro onde eu crescera. Almir já havia me dito que iria para casa. Peguei meu carro e fui dirigindo sozinha. Durante o trajeto, decidi passar pela rua onde eu havia sido criança. Ainda era uma rua relativamente calma, um pouco como eu lembrava. Estacionei diante da casa onde morei durante mais de vinte anos com os meus pais. Era em tudo diferente: já não havia mais o portão de madeira, nem as duas árvores que nos protegiam do sol inclemente durante a tarde. O piso da calçada era completamente outro, bem como as cores da parede. Eu sabia que era ali porque no fundo é como enxergar-se numa foto de infância: aquela criança está em algum lugar dentro de você, mas numa outra versão. Chorei desavergonhadamente, enquanto olhava sem ver todas as coisas ao redor, pensando em tudo que existia entre a garota que fui naquela casa e a mulher que eu era agora, profissionalmente bem-sucedida mas repleta de espaços em branco.

Pensei sobre o que me fazia permanecer com Almir. Antes, eu achava que era o nosso amor, e o tanto que lutamos por nós; mais para a frente, achei que as crianças se somavam a essa explicação. Com tudo o que havia ocorrido desde então, eu tinha uma resposta muito certa: eu queria estar com meu marido por mim mesma, distante da necessidade inventada de estar por estar em um lugar ruim.

A breve passagem pela minha casa de infância suscitou em mim o desejo de recomeçar. Sugeri que fechássemos a clínica e fôssemos passar uns dias visitando alguns dos nossos lugares de infância, paisagens que frequentávamos, as comidas que comíamos – toda a miríade de possibilidades que nos remetesse às nossas próprias origens, desde a cidade dos nossos pais, vizinhas uma da outra, onde alguns tios idosos ainda moravam, passando por lugares fortuitos, quase que retratos instantâneos que, por algum motivo, tivessem se apegado sentimentalmente à memória. Eu queria que nos apresentássemos de forma empírica a um passado onde ainda não havíamos nos encontrado. Buscava fazer com que assim compreendêssemos um pouco mais da nossa própria natureza e, quem sabe, pudéssemos nos reconectar. Era um momento só nosso, não queria Laura nem Fabiano por perto, um dos motivos sendo a confusa relação que os dois homens tinham um com o outro – viviam em eterna perseguição, detratação e vigilância – e eu estava disposta a fazer com que funcionasse. Antes de abrir as comportas que deixariam esvair tudo o que viera previamente e existira no entremeio do qual nos perfazíamos, eu era capaz de querer segurar toda a água com as mãos, ciente de que corria o risco de afogamento.

 A decisão de levar Matheus para nossa própria casa, e que até ali havia sido motivo de discussões quase diárias, acabou tornando-se um acerto. Como eu houvesse observado que não havia mais uso de drogas e ele parecia, pelo menos nesse aspecto, uma outra pessoa, pedi a ele que fizesse companhia a Laura e Fabiano por dez dias. Era um risco, mas um risco que eu precisava correr. Começaríamos devagar: iríamos primeiro passar o final de semana em uma estância a vinte e poucos quilômetros de onde morávamos, um lugar calmo, receptivo e campestre, onde Almir e eu poderíamos montar a cavalo e passar as tardes perto de um lago onde o pôr do sol prometia ser lindo. Se desse tudo certo, partiríamos na segunda rumo aos nossos planos de dez dias afastados da vida que conhecíamos como rotina.

Foi aí que o impensável aconteceu e, na delegacia, dentro da dor que se seguia ao meu desespero, eu só conseguia, só podia, apontar para um único nome: o do meu próprio irmão. Àquela noite, quando finalmente deixei a delegacia, eu e Almir tratamos de buscar a papelada para liberar o corpo do nosso filho. Matheus já havia feito o exame toxicológico, que havia dado positivo para o uso de álcool e cocaína. Ele mesmo não parecia lembrar-se de muita coisa, só conseguia dizer que não havia sido ele a cortar o pescoço de Fabiano num acesso de fúria por motivo desconhecido, que se dava bem com o garoto, que ele não teria jamais feito uma coisa daquelas. Almir me consolava, envolvendo seus braços enquanto eu chorava junto ao seu colo.

Os passos seguintes jamais ficaram muito claros, mas ao que parece, Matheus apanhou muito na delegacia. Sei disso porque foram encontrados diversos hematomas em seu corpo, e nós jamais batemos nele. Foi a polícia que o fez, com ódio e força, embora depois as marcas em seu corpo tenham sido atribuídas a uma luta física que nunca aconteceu – até que ele confessou para que não morresse ali. Mesmo assim, não suportou a derrocada que sua vida sofrera em menos de 72 horas e, dentro do caos mental para o qual voltara, sem conseguir atinar com a realidade à sua volta, enforcou-se na cela onde estava preso temporariamente. Com sua confissão assinada e sua morte, o caso foi encerrado.

Depois disso, mudamos um pouco os planos e resolvemos levar Laura conosco. Era ela agora o nosso único elo com um tempo bom. Minha alegria foi perceber que quando a discussão começou, e mesmo diante da proporção que ela tomou até transformar-se em briga, ela ficou dentro do seu quarto, em silêncio. Mesmo quando o irmão começou a gritar com o próprio pai, acusando-o de ter plantado cocaína no quarto que o tio ocupava, e deixado bebida nas geladeiras, apesar de saberem dos problemas que o tio tinha com ambas as substâncias. Mesmo quando o próprio tio, bêbado, seguramente depois de ter feito uso da cocaína e sem reconhecer em si mesmo a própria voz, chamou sua mãe de vagabunda e seu pai de filho da puta. Felizmente, por ter se mantido debaixo da cama todo aquele tempo, ela não viu quando o próprio pai passou uma navalha no pescoço do seu irmão, que num misto de pânico, choque e horror, viu sua camisa branca inundar-se de sangue e seu corpo enfraquecer até não poder sustentar-se mais e suas pernas se dobrarem. Minha filha também não viu que, àquela altura, seu irmão estava morto, nem testemunhou o momento que o pai colocou a navalha dentro de uma luva de borracha, pegou outra idêntica e agarrou a mão do próprio cunhado que, devido ao estado em que se encontrava, não ofereceu resistência e teve suas digitais impressas no cabo da navalha e seu corpo rolado para perto do corpo de Fabiano. Ela não viu nada daquilo, e eu também não queria ter visto, mas esse havia sido o plano, e há coisas na vida que quando colocamos em ação torna-se impossível recuar.

Por isso seguimos nosso próprio roteiro. Não contávamos com o suicídio do meu irmão, mas esperávamos que ele confessasse em algum momento, já que tínhamos a certeza de que os exames toxicológicos resultariam positivos.

A ideia, porém, não era ver meu filho morto – e sim, fazer com que ele consumisse álcool e cocaína e que, assim, pudéssemos denunciá-lo à polícia e fazer com que pagasse pelo que havia feito tantos anos antes – e dessa forma retirá-lo da nossa casa de uma vez. Matheus sabia de alguns dos meus segredos, e trazia-os à tona sempre que eu dizia que ele tinha que ir embora. Fabiano ter descoberto nosso estratagema e gerado os acontecimentos subsequentes foi o que alterou todos os nossos planos. E a verdade é que embora eu lamente a demolição de todas as relações familiares que fiz de tudo para tentar unir desde o começo da vida, pior seria se Matheus tivesse dito à polícia que Laura foi roubada por mim, embora com a ajuda dele, no dia de seu nascimento, em um dos hospitais que trabalhei. Seria o fim da minha carreira, e eu perderia para sempre a guarda dela – e esse esfacelamento da minha família eu não poderia jamais permitir.

Fizemos todo o percurso que planejamos desde o início. Foram trajetos de sorrisos e lágrimas, cheiros e sabores, e Laura, que havia se escondido dentro de algum lugar inacessível enquanto estava debaixo daquela cama, saíra de lá como se nunca tivesse passado por aquilo. Falava pouco no irmão, e quando pronunciava seu nome, não demonstrava entusiasmo, como se pedisse à sua memória para esquecê-lo.

Anos depois, quando perguntei a Laura o que ela ouvira debaixo da cama, ela desconversou, mas eu vi em seus olhos que ela sabia o segredo. Sabia também, como eu sempre soubera ao longo de todos os meus anos, que família, para mim, é algo muito importante, de modo que jamais haveria qualquer ruptura naquele silêncio. E esse saber tácito me confortava.

Das coisas que sabemos do amor, ignoramos as mais terríveis, e construímos fortalezas com as pedras dos escombros, o que é um modo de seguir em frente. Só se descobre novos caminhos navegando. Somos a um só tempo embarcação e oceano.

Do jeito que deveria ser

Havia combinado com Helena que no dia seguinte estaria no apartamento dela às 10h pontualmente. Tão estranho referir-se ao "apartamento dela", quando por tantos anos haviam morado nele juntos.

Todas as vezes que se dirigia até o endereço da ex-mulher reconhecia tudo pelo caminho: as faixas de pedestre esmaecidas, o tempo dos semáforos, as crianças brincando na praça ao lado do prédio, o som do impacto do pneu na rampa que dava acesso ao condomínio, ao chegar. Também reconhecia a tensão de abrir a porta do apartamento com a própria chave, que nunca devolvera nem ela fizera questão, e se deparar com Helena na mesa da sala, comendo ou estudando, e a aflição que sentia por nunca saber como deveria cumprimentá-la, agora que já não havia qualquer resquício de intimidade entre os dois. Em geral, ela o olhava como quem queria desviar a visão, e ele nunca soube interpretar direito aquilo. Por isso às vezes falava de longe; outras vezes se aproximava e lhe dava um beijo no alto da cabeça.

O ritual era sempre mais ou menos esse todas as vezes que ele ia lá para que ela lhe tirasse os pelos do corpo. Nasciam em toda parte, e a sensação de se assemelhar a um urso sempre o incomodara. Helena nunca reclamara; ele também nunca soube ao certo se ela gostava. O certo é que por treze anos – o tempo que passaram juntos – ela tirava de tempos em tempos sem questionar. Sabia que ele gostava do corpo liso, de ver nitidamente o tom de sua pele, e aquilo de alguma forma bastava a ambos. Quando se separaram ele pediu para que ela continuasse a fazer o procedimento; estavam numa pandemia e não queria se arriscar em salões de beleza. Mais para adiante a desculpa era economizar o dinheiro que gastaria com uma profissional.

Helena se levantou e foi ao banheiro do seu quarto. Da sala, ele ouviu o barulho da descarga e, quando a viu de volta, disse, Já está tudo sobre o sofá, como se ele fosse o assistente de uma médica prestes a fazer um procedimento sério. Ela pegou a luva descartável e um dos tubos do creme depilador. Vamos?, disse num tom profissional. Era o sinal para que ele tirasse a bermuda e a camisa, então ela espalharia o produto pelos seus ombros, costas, peito, barriga, chegando até a cintura. Ele ficou nu diante dela, como era necessário, e sentiu sua mão envolvida no plástico passar pelo seu corpo desnudo como um escultor experiente dando forma ao barro. Desejou, intimamente, que ela nunca esquecesse como era tocar seu corpo, nem mesmo quando a velhice chegasse. Agora vira, para eu passar nas costas, ela disse, sem expressar emoção. Enquanto sentia a mão da ex-mulher passando o creme da segunda bisnaga nas suas costas imaginou que ela tanto poderia lhe dar um beijo no pescoço quanto enforcá-lo num gesto rápido. Terminei, agora é só esperar os dez minutos do produto, ela disse, já se virando para recolher as bisnagas vazias para o lixo da cozinha, jogar fora a luva e deixar o que sobrara onde ele pudesse ver, para ser utilizado na próxima vez.

Ele deixou a água escorrer pelo corpo até que não lhe sobrasse mais pelo algum. Quando terminou, se enxugou com a toalha que havia trazido da vez anterior e que tinha esquecido por lá. Sem se dar conta, Helena havia se enxugado com ela, isso até passá-la pelo rosto e sentir o cheiro da pele do ex-marido. Aquela noite ela dormiu com a toalha molhada sobre a cama, algo que nunca fazia.

Quando ele saiu do banheiro, percebeu que sua ex-mulher já estava em seu quarto, com a porta fechada. Ele bateu duas vezes e entrou. Ela estava deitada encostada numa almofada, lendo. Ele agradeceu, disse que tinha ficado ótimo como sempre; ela disse Por nada num tom de voz baixo, e mais uma vez ele não sabia muito bem como proceder na hora da despedida. Olhavam-se de onde estavam: ela, com o livro sobre o colo, ele, em pé, ao lado da cama. Ficaram assim por não mais que alguns poucos segundos. Quando os olhos de ambos se depararam com o que havia dentro deles, com o que *cabia* dentro deles, perceberam que estavam exaustos de tanto se procurar, agora sem se encontrar mais nunca.

O último mugido

Elizeu acordou com o barulho do vento a açoitar a janela de madeira do seu quarto. Chovia, e o calor das suas cobertas o fez repensar se iria mesmo levantar para verificar se os ferrolhos estavam de fato travados. Aos setenta e oito anos, tinha percepção do esforço que seria caminhar os passos até lá em meio a um inverno tão rigoroso. Tinha medo de não conseguir mais dormir quando retornasse ao travesseiro. Havia uma dor nos ossos que não o abandonava nesse período do ano, mas sabia que se não fizesse algo e a água invadisse o quarto, seria muito pior depois, para limpar o chão e os móveis molhados. Ora dane-se, pensou, Eu me vou e tudo isso fica, e já não tenho para quem deixar. O que me importa o estado em que estejam?

Em seguida, no entanto, acabou contrariando as maquinações do próprio pensamento. Vinha se comportando assim nos últimos anos, desde que Neuma morrera. Não fosse algum temor diante do desconhecido e já teria ido juntar-se a ela. Vivia com muito pouco, e ainda tinha que dividir com Felícia, a vaca que a esposa lhe legara ao falecer e que àquela hora estava muito melhor do que ele, no celeiro. Quando da morte de Neuma, recusara-se a dar cabo do animal. Era o último vínculo vivo com a esposa – havia resolvido que seria assim enquanto pudesse, um limite que caminhava em sua direção a passos largos.

Certificou-se do que já supunha mas sobre o que não tinha certeza: os ferrolhos estavam devidamente travados. Antes de deitar-se novamente foi para a cama, acendeu a lamparina na cabeceira e olhou a imagem da santa, iluminada parcialmente. Pediu para conseguir dormir novamente quando colocasse a cabeça no travesseiro. Precisava tanto daquela noite de sono, pensou, antes de apagar a luz vinda do objeto e se deitar.

Acordou com o sol da manhã.

As ruas ainda estavam molhadas e pingos d'água caíam das calhas das casas e estabelecimentos, mas o sol estava lá, começando a esquentar. Havia acordado cedo sentindo-se revigorado, alimentara Felícia e fora ao mercado ver o que as poucas cédulas que ainda tinha dentro de uma gaveta conseguiriam comprar. A fé que parecia tê-lo atravessado cedo pela manhã resolveu caminhar sozinha novamente com a franzina sacola que levara para casa. O dinheiro que recebia do governo se tornava mais exíguo a cada mês. Sua sorte era receber alguma ajuda de moradores de casas vizinhas, que pareciam pressentir que as coisas não iam bem para Elizeu. Não fosse isso e a ajuda de Madalena, que vinha uma vez por semana lavar suas roupas sem lhe pedir nada em troca, estaria numa situação de mendicância. A aspereza da vida lhe chegava aos ossos, desconfiava, não o frio, e era isso que haveria de levar-lhe, por fim.

No dia seguinte o sol ainda estava lá. Resolveu ir à igreja, confessar-se. Era o seu modo de conversar um pouco mais longamente com alguém, para além das trivialidades, de perguntar o preço das coisas (e seguir em frente de mãos vazias) e de agradecer com o olhar baixo aquilo que lhe davam. Queixou-se ao padre pela vida que levava. Disse que estava olhando no rosto do desespero. O senhor tem certeza que não tem para onde ir?, perguntou-lhe o sacerdote. Elizeu pensou por um instante. De repente um lar para idosos, ou a casa de algum parente? Disse em seguida que não havia dinheiro para instalar-se num lar de idosos. E que não queria ir para um asilo público, tinha medo de pegar doenças e morrer de uma morte dolorosa. E algum familiar, o senhor tem?, insistiu o homem de Deus. Elizeu pensou. Sei onde mora uma sobrinha de minha esposa. E por que o senhor não pede ajuda a ela? Porque ela tem a vida dela, provavelmente com marido e filhos. Não quero ser um estorvo para além de mim mesmo.

Mas no outro dia, foi. Tinha saído da igreja na noite anterior pensando a respeito. Havia tido um momento de iluminação, não deixaria que ele passasse. Pegou sua bengala, colocou seu chapéu e foi até o celeiro. Escancarou as portas e disse para Felícia, Vá para onde você quiser, não fique aqui. Deu as costas esperando com sinceridade que o animal compreendesse. A madrugada estava ligeiramente fria, mas era já que o sol nascia.

Voltou para casa apenas para tomar meia xícara de café e saiu com a claridade do dia. Enquanto caminhava pela estrada de terra batida até onde passava o ônibus, ouviu atrás de si um barulho de passos. Não acreditou quando se deparou com Felícia bem atrás de si. Eu disse que você é agora livre, Felícia. Vá! Por todo lado aqui existe pasto, embrenhe-se no matagal, alguém vai lhe querer para si. O animal ficou parado, orelhas baixas, olhos vidrados, numa recusa. Saia daqui, eu não volto mais para aquela casa. Vá embora, vá embora! Foi um mugido como nunca. Era ali, antes, o som de um lamento. A vaca deu mais alguns passos em direção a Elizeu e parou. Ele tocou-lhe a cabeça com o nó dos seus dedos. Tudo no mundo só existe para o outro até ter uma razão de ser, disse para ela. Eu rompi o elo que nos ligava. Preciso ir.

Quando chegou no endereço da sobrinha da esposa, bateu na porta e se anunciou. Ela mesma veio atender. Disse que se lembrava muito bem dele, e que pena que ele deixara de dar notícias com a morte da tia. É que eu não tenho mais telefone, não podia pagar. Pela primeira vez a sobrinha, Leonora, pareceu vê-lo como aquilo que ele era: um farrapo humano. Antes que ela dissesse qualquer coisa, ele continuou, Preciso que você me ajude. Em troca, lhe dou minha casa. É sua, Leonora. Eu só preciso de um cantinho onde possa passar o resto dos meus dias, ser bem alimentado, acobertar-me no frio, poder tomar algum remédio quando sentir dor. Nada disso eu posso fazer hoje com dignidade. Venda a minha casa, ela cobrirá os custos e algo ainda sobrará para você. É uma casa com um terreno grande.

Assim que amanheceu, Leonora o levou de carro até a sua casa. Assim que estacionou, ouviu o mugido de Felícia, que havia voltado para dentro do celeiro, acostumada que era ao encarceramento. Ao fim de dez minutos, Leonora disse, Faço o que você me pede, mas quero também a vaca. Como tiver de ser, ele respondeu.

Com a ajuda de Leonora, colocou os pertences mais imediatos dentro de uma mala e, na casa dela, foi alocado em um quarto nos fundos, com uma entrada de ar, mas sem janela. Pelo menos aqui eu não vou precisar me preocupar com a chuva, disse a si mesmo.

No final de semana, ao acordar, ouviu um mugido impossível de não reconhecer. Calçou os chinelos e foi tentar ouvir de perto o que Felícia dizia. Foi então que viu um encarregado de Leonora com uma marreta quase do tamanho de seus braços e de aparência mais pesada do que ele. O golpe que desferiu na cabeça de Felícia não foi suficiente para matá-la. Mas não havia forças. A vaca urrava de dor. O homem desferiu uma nova marretada, que causou um atordoamento no animal e fez com que suas quatro pernas despencassem para o chão. Deitada e gemendo, Felícia baixou a cabeça lavada em sangue como se clamasse pelo derradeiro golpe, era demais sentir tanta dor. O homem parecia determinado a acabar com a humilhação que sentia em precisar desferir tantas marretadas para matar uma vaca velha. Quando a marreta atingiu o crânio de Felícia pela última vez, o golpe fez com que sua mandíbula se quebrasse no chão. O barulho de osso se partindo foi ouvido por todos os presentes. Nunca vi uma carne de churrasco tão difícil!, era a voz de Leonora, rindo.

Algumas noites se passaram até que um outro barulho acordasse a casa, vindo do quartinho onde dormia seu Elizeu. Quando finalmente acorreram para ver o que havia acontecido, encontraram-no caído de bruços, imóvel. Concluíram que, ao sair da rede para o banheiro, tropeçara em alguma coisa e, durante a queda, batera a cabeça no canto de algum móvel, ou talvez a quina da parede ou da mesa de cabeceira. Quem poderia dizer o que havia acontecido nunca mais teria condições de falar. Há dias estava muito mais envelhecido, fragilizado, até. Qualquer lugar correria o risco de ser uma armadilha para ele, disseram a si mesmos.

O corpo foi removido algumas horas depois.

Rente à porta, a pequena mala que trouxera de casa e que nunca chegara a desfazer, como se soubesse que precisava dela ali, pronta para uma outra viagem.

Tia Dalva

Logo depois que tio Hélio e meu primo Henrique morreram minha mãe me disse que tia Dalva vinha morar com a gente.

Eu tinha ido ao funeral mas não me deixaram chegar perto dos caixões – não entendi por que, já que eu tinha ouvido Idalice, a negra que trabalhava lá em casa desde bem antes d'eu nascer, comentando que o velório ia ser com os caixões fechados de tanto que os corpos haviam ficado esbagaçados.

Fiquei sozinho na porta da sala do velório, minha mãozinha dentro da mão robusta de Idalice, vendo aquele mundaréu de gente chorando e assoando o nariz, como se de repente tivessem sido acometidos por uma gripe coletiva, e um caixão grande ao lado de um bem pequeno – os dois, de qualquer forma, eram só simbólicos mesmo, mas isso eu não entendia direito ainda.

O padre que celebrou a missa na capela falou sobre os desígnios de Deus, que sempre se sobrepunham aos dos homens porque Ele tem um plano – que pode não ser o que gostaríamos, mas que Ele tem sim, garantiu o padre, e que isso deveria ser suficiente para que nós aceitássemos Suas decisões e nos reconciliássemos com a nossa fé. Enquanto ele falava, era uma choradeira sem fim. Idalice apertava ainda mais a minha mão e fungava de vez em quando. Parecia que ela estava sofrendo também, embora o tio Hélio e meu primo Henrique mal andassem lá em casa. Vi meus pais um ao lado do outro, olhando atentamente para a frente, minha mãe fingindo prestar bem atenção ao que o padre dizia. Digo que fingia porque a última vez que o tio Hélio pisou lá em casa, em meio às palavras "mulheres", "farras" e "cachaça", saiu debaixo de palavrões cujo significado eu nem entendia, então acho que ela estava era dando graças a Deus que ele tinha morrido.

Por isso a alegria dela em ter a irmã mais nova por perto novamente. E eu, que sabia tão pouca coisa da vida, também descobriria em breve novos motivos para me embeber de contentamento.

No começo eu não me aproximava muito da tia Dalva. Sua perda ainda estava muito recente e eu tinha medo de magoá-la parecendo contente ou irreverente demais, e mesmo ela não parecia querer muita conversa com a gente da casa. Mas com o tempo ela começou a usar umas roupas mais alegrinhas, então eu achei que podia começar a chegar mais perto. Era bom ficar próximo da tia Dalva porque ela exalava um perfume que me fazia desejar ir imediatamente para o seu colo e fazer-lhe um carinho na cabeça e dizer que ia ficar tudo bem.

Quando as férias chegaram meus primos vieram passar uns dias lá em casa. Meus pais sempre os convidavam a cada julho e janeiro, ainda mais agora que tia Dalva estava morando com a gente. Nossos pais tinham a esperança de que crescêssemos amigos e pudéssemos contar uns com os outros na velhice deles. Naquele julho quando eu contava 11 anos, meus primos, um ou dois anos mais velhos, resolveram me iniciar, durante o banho, num ritual que eles tinham descoberto há pouco: a arte do autoprazer. O mais velho, Vanderlei, dizia para eu observar os movimentos e imitá-lo. Não está acontecendo nada, Eu disse. É que sua pintinha ainda é muito pequena, um deles falou. Eu não via tanta diferença entre o tamanho das nossas pintas, mas percebia o abismo que existia na perda de nossa inocência. Fica fazendo esse movimento e pensando numa mulher bem linda, disse novamente Vanderlei. Obedeci. Quando percebi, eu estava mesmo conseguindo fazer minha pinta ficar dura, mas parei na mesma hora, porque a mulher que eu tinha em mente era justamente a que todo mundo achava ser a mais frágil, mais dependente, quase uma santa: se tia Dalva parecia não ter o direito de ver de novo a alegria, nem eu tinha o direito de fazer alegria em meu corpo através dela. Peguei a toalha, me enxuguei rapidamente e saí do banheiro, sabendo que dali em diante aquela imagem estaria inequivocamente comigo.

De um dia para o outro eu já queria que a semana que os primos vieram passar em minha casa se acabasse; na certa, a cada banho eles também se davam aos mesmos pensamentos que eu, e eu queria tia Dalva só pra mim. Comecei a sabotar nossas brincadeiras, deturpar regras, abandonar o jogo pela metade, implicar com eles a ponto de fazê-los chorar, até que, um dia antes do previsto, ambos foram embora e eu fiquei de castigo, imposto pelo meu pai: não sairia mais de casa durante a minha última semana de férias. Para mim, nenhum problema em passar da manhã até o final da tarde sozinho em casa com Idalice e tia Dalva, enquanto meus pais trabalhavam. Ainda mais agora, que eu podia ficar no banheiro imaginando o que bem entendesse, nesse caminho sem volta que é o desejo.

O banheiro que me era dado a usar tinha uma janela basculante que dava para o quintal e inundava o ambiente de luz e ar, fazendo com que prescindisse de luz artificial até que a noite chegasse. Na minha inocência, eu achava que ao girar a torneira do chuveiro e colocar uma parte do corpo sob a água, do lado de fora do banheiro todos entenderiam que eu estava a tomar banho. Porém, não foi bem assim que as coisas se deram, depois de um tempo. Primeiro, Idalice passou a dizer, do outro lado da porta, que eu estava gastando muita água. Em seguida, acharam de bater na porta, insistindo para que eu acabasse com meus "longos banhos". Como eu continuava a fazer o que me interessava, e àquela altura não me importava o que pensassem, porque minha mente fervilhava cada vez mais com novas imagens, tia Dalva, que vinha se mancomunando com a negra Idalice nas reprimendas, viu a oportunidade para dar um passo adiante.

Enquanto eu me masturbava sob o chuveiro, um dia, vi um vulto escurecer momentaneamente o banheiro. Antes mesmo de olhar para cima, eu já sabia: uma lufada de vento trouxe o seu perfume característico, e eu mal podia acreditar quando percebi tia Dalva tentando abrir a janela basculante pelo lado de fora e acabar com minha alegria juvenil. Fechei o chuveiro com avidez e me cobri com a toalha. Do outro lado da parede, risinhos de uma mulher de quase trinta anos transmutada em criança por um instante. Ela ria um riso leve, frouxo, como se não conseguisse evitá-lo, mas disse, ainda entre risadas, que eu sossegasse, não tinha visto nada, e Idalice havia ido se deitar em seu quarto, no outro extremo da casa. De repente, silêncio.

Quando a quietude foi quebrada, era novamente a voz de tia Dalva, bem diante de mim. Havia saído do quintal correndo pelo corredor lateral, atravessando toda a extensão da casa. Disse então, Deixe eu terminar de lhe enxugar, Armandinho, deixe. Eu fiquei paralisado de vergonha. Percebendo meu embaraço, tia Dalva agarrou a minha toalha e começou a esfregá-la pelo meu corpo sem pelos, minha pele tenra por onde gotículas de água ainda escorriam, agora nas mãos de tia Dalva. Fechei os olhos e baixei a cabeça para não vê-la. Então ela tocou meu rosto imberbe e, erguendo meu queixo, disse, Olhe pra mim, Armandinho. Eu respirei fundo e a vi. O cheiro tão característico de tia Dalva, que depois eu descobri que vinha de uma colônia chamada Alma de Flores e de um talco que ela passava depois de se secar no banho... aquele cheiro me dava vontade de me jogar em cima dela, a boca em seus peitos. Por toda a casa eu sentia o seu perfume. Tantas vezes eu entrara em seu quarto logo depois que ela saía apenas para encher os meus pulmões com aquele aroma, de olhos fechados, enquanto eu me imaginava deitado com a cabeça encostada em seu colo.

Enquanto os pensamentos se enfeixavam dentro de mim, eu só conseguia olhar para aquela mulher me enxugando, me tocando com suas mãos ágeis e carinhosas, seu vestido de pequenas flores coloridas contornando seu corpo. Até o instante em que ela capturou meu pênis e meus testículos em sua mão e os segurou com volúpia, eu não havia entendido o que tia Dalva queria. Ele está assim por minha causa, Armandinho? Eu não sabia o que responder, mas uma certeza me assolava: acontecesse o que acontecesse, nada mais seria o mesmo para nenhum de nós dois depois daquele momento. Eu continuei calado. Então ela me disse, como quem conta um segredo, Idalice tomou um remédio que vai fazê-la dormir o resto do dia, não há o que temer. Era um atestado de que ela planejara aquela ocasião com antecedência e, me pegando pela mão, levou-me até o seu quarto. Onde antes eu entrava às escondidas, sozinho, agora adentrava carregado pela mão de quem o habitava, pronto para me enveredar pelos lençóis desfeitos, que pareciam estar à nossa espera.

 Com o passar do tempo, Idalice começou a alegar um cansaço que fazia caminho até ela pela velhice, enquanto continuava a tomar, sem saber, o suco do almoço com remédios, para que eu e tia Dalva pudéssemos passar o tempo antes dos meus pais chegarem com os corpos emaranhados. Um dia, Idalice sentiu uma dor no peito e foi levada ao hospital de ambulância. Saiu de casa com aquele barulho infernal dos veículos de socorro a abrir o trânsito e se perdendo nas ruas, diminuindo mais e mais a cada segundo, até desaparecer de nossos ouvidos completamente. Quando voltou para casa, dois dias depois, os pés arrastando e um ar combalido, decidimos que não iríamos dar mais nada para ela tomar. Eu já tinha então quase dezesseis anos, e tia Dalva trinta e quatro. Ela há tempos trabalhava em uma loja no centro, e me disse que conseguiria algo para mim através de uma amiga. O episódio com Idalice foi também o que selou o nosso destino.

 Na semana seguinte, a contragosto de meus pais, eu saía de casa para morar com tia Dalva num pequeno apartamento perto da região onde trabalhávamos – porque era mais barato e porque evitávamos gasto com ônibus. A família quase toda se posicionou contra nós. Ouvimos falar na possibilidade de processarem tia Dalva, mas nunca levaram isso adiante.

De vez em quando ela tinha umas esquisitices – gostava de fazer sexo dizendo que meu corpo era tão lindo, parecia o do pequeno Henrique, branquinho, lisinho – e olhe seu pau, cabe todo na minha boca, que delícia, Armandinho. Eu nunca reclamei, atribuía esse tipo de frase à saudade de uma mãe, que não esvanece nunca. Optamos por não ter filhos, o medo tácito de uma nova tragédia. Eu havia crescido com aquela mulher; de certa forma, em algum lugar da sua mente, eu ocupava o lugar de filho e também do homem.

E era bom. Continua a ser até hoje.

Travessia no barco de caronte

Mamãe me encontrou cochilando no chão junto ao berço do meu irmãozinho Emanuel. Foi a primeira vez em muitos meses que eu não acordei assim que ela bateu a porta da frente sempre que chegava do trabalho. Meu irmão tinha me dado cansaço extra aquele dia, então eu estava muito mais esbaforida. Já é quase uma da manhã, minha filha. Eu estou morta, mas como amanhã não vou ter tempo, ainda vou organizar a decoração de natal. Tive pena da minha mãe. Passava o dia lavando a mesa e o chão de uma clínica aonde ela me disse que só iam mulheres, e como os médicos atendiam até tarde, todos os dias ela chegava naquele horário. É também para não levantar suspeita. Todo mundo pensa que eu sou puta. Melhor assim, ela disse, e eu fiquei calada porque se era melhor assim pra ela então também era pra mim.

Eu fazia tudo pra ver minha mãe feliz. Quando eu ainda era muito pequena ouvi meu pai dizendo durante uma briga que ia sair de casa mas antes ia matar nós duas. Eu corri pro meu quarto e ouvi os tiros e os gritos da minha mãe. No momento em que eu fui ver o que estava acontecendo vi meu pai pisando forte em direção à porta e em seguida vi mamãe com a roupa cheia de sangue correndo atrás dele, se agarrando ao pescoço dele, pegando a arma e dando dois tiros na cabeça dele. Eu fechei os olhos mas mesmo assim eu vi porque eu estava bem ali, parada diante dos dois, então eu vi por dentro, com a imaginação, o que é a mesma coisa.

O policial disse que minha mãe tinha matado para se defender e por isso ia ficar solta, e depois disso ela falava pra quem quisesse ouvir que não queria mais saber de homem, que homem não prestava e que, se ela não tivesse feito o que fez ele podia voltar pra matar a gente. Eu ainda não sabia, mas seria aquilo que me faria querer sempre fazer todo o possível para cuidar da minha mãe. Eu só queria que ela ficasse bem e que não sofresse mais tanto.

Emanuel começou a chorar, como sempre fazia quando era acordado de madrugada. Eu abri a portinha lateral e peguei ele no colo. Vem cá, neném, fica aqui com a irmãzinha que passa. Minha mãe achava tão bonito me ver balançando ele meio torto no colo, enquanto soprava o rostinho dele pra passar o calor. Cecília, eu vou pegar as coisas na caixa, montar isso rapidinho e vamos todos dormir. Eu disse Tá certo e quando a vi de novo ela estava espalhando as luzinhas coloridas por cima da árvore e terminando de colocar a palha dentro de um baú, que ficava com a tampa virada para trás e onde ela ia colocar uma imagem de gesso do Menino Jesus deitado. Ela me perguntou se Emanuel já tinha dormido e eu disse que sim. Ainda bem, ela me falou. Daqui a pouco amanhece e eu preciso dormir um pouco. Como era mais fácil a vida da minha mãe um ano atrás, quando meu irmão ainda não existia. Mas logo mais ele cresce e ajuda ela também, assim como eu ajudo cuidando dele, pensei. Pronto, terminei, ela disse depois de um tempo. A sala da nossa casa era bem pequena. Ver aquela árvore cheia de luzes e o baú com o Menino Jesus deitado naquele monte de palha olhando por nós fazia parecer que a sala ficava maior. Agora, dona Cecília, vá lavar os pés e escovar os dentes e vamos tratar de descansar.

Fui caminhando pelo corredor até o banheiro para fazer o que ela tinha me dito. Na volta, dei uma olhada para dentro do quarto. Minha mãe dormia com a boca aberta. Quando voltei ao quarto que dividia com meu irmão, percebi que ele seguia o mesmo caminho e dormia um sono sem culpa. Me deitei na cama encostada à parede tentando não fazer muito barulho. Quando meu sono já ia longe, acordei com o barulho do choro do Emanuel. Me levantei desesperada. Fechei a porta do quarto para abafar o barulho, abri a lateral do berço e coloquei ele no meu colo. Calma, neném, calma... Mas o menino nada de se calar. Quanto mais eu fazia cavalinho com ele no colo, mais ele aumentava o som do berro. Tapei a boca dele com um pano e corri para a sala, que ficava um pouco mais longe do quarto da minha mãe. Percebi quase sem querer que o céu já estava ficando violeta, naquele caminho breve que percorre antes de ficar completamente azul dizendo que é hora de acordar de novo. Se minha mãe não dormisse, como ela ia limpar a clínica direito? O natal seria nos próximos dias, mamãe não podia perder o emprego. Todo ano ela ganhava cesta básica dos patrões, com o dinheiro que economizava dava pra ela e a nossa vizinha comprarem um peru, que elas cortavam bem no meio e cada qual assava sua parte em casa. A Valderice também era mãe solteira, meio peru dava pra jantar e ainda sobrava pro almoço, ela dizia. Aqui em casa também. E se mamãe perdesse o emprego, adeus peru.

 Continuei tentando tapar a boca do meu irmão, e nada. Então tive uma ideia: retirei o Menino Jesus de cima da palha e coloquei o Emanuel, que afundou para dentro com seu peso maior que o do gesso do Jesusinho.

Com as duas mãos, consegui fechar o baú. Aos poucos, percebi que o choro diminuía, diminuía, até que parou.

Fui para o quarto da minha mãe, que continuava dormindo, deitei na cama ao lado dela, puxei um dos lados da sua blusa para baixo e adormeci ali, mamando.

[interlúdio rodrigueano]

Futuro do pretérito

Havia duas coisas que Claudinho detestava: parentes e prédios altos. Dos primeiros ele conseguiu se livrar com relativa facilidade depois que arrumou um emprego, saiu de casa e foi morar numa cidade a mais de dois mil quilômetros de distância; dos últimos, não tinha jeito. Pelo menos enquanto continuasse a morar numa capital com prédios sendo erguidos da noite para o dia.

Os ódios de Claudinho eram compreensíveis, um psiquiatra diria até que justificáveis. Ele tinha oito anos quando uma parentada vinda do interior achou de se hospedar no apartamento em que morava com a mãe, o pai e as duas irmãs. Se já não havia lugar nem mesmo para ele, que dividia um cubículo com a irmã do meio, que dirá para as duas tias solteironas e primos que ele nunca vira na vida. Na casa dele isso significava, é claro, que ele e as irmãs teriam que dormir na sala, de rede, uns sobre os outros, enquanto aquelas velhas e aqueles primos enormes não iam embora. Você não lembra do Epaminondas, Claudinho? Filho do seu tio Josualdo, que mora na casa bem ao lado da minha. O menino fez que não. A outra tia se levantou da cadeira, levou as mãos à cintura e disse num histrionismo de palhaço de circo, Mas eu não acredito numa coisa dessas! E da priminha Julieta, você lembra, não é? Claudinho olhou para os pais, acuado. Chame o Peteleco e vá brincar lá embaixo, meu filho, disse o pai, dando-lhe um tapinha nas costas. O cachorro latiu ao ouvir seu nome, e correu para perto do menino, que abriu a porta do apartamento e correu para chamar o elevador.

Naquele tempo ainda não se construíam prédios tão altos. Um prédio com nove andares – Claudinho e família moravam justamente no nono – era considerado altíssimo, e muita gente não gostava de morar tão alto porque os elevadores eram lentos ou por medo de incêndio. Logo mais haveria um outro motivo para se juntar a esses dois.

Claudinho brincou com Peteleco até ele se cansar. Depois amarrou o animal numa perna do escorregador e foi para o balançador, ao lado. Por lá ficou na companhia da sua solidão, até que de repente viu uma sombra atrás de si e um breve gemido canino seguido de um estrondo. Ao mesmo tempo, Claudinho percebeu que estava todo salpicado de sangue e vísceras de alguém que se jogara, e que o agora defunto havia caído bem em cima do seu cachorro. Com surpresa até para si mesmo, não chorou. Deu uns passinhos quase de pássaro para perto do cadáver, que havia se desmembrado, uma vez que da cintura para baixo havia caído em cima do escorregador e da cintura para cima, no chão. Olhou, numa precisão de legista, para o corpo da mulher. Viu então que era uma das tias que estavam em sua casa. Sem se abalar, chamou de novo o elevador e subiu para o nono andar com um sorriso no rosto. Era de se imaginar que a partir daquela noite teria de volta a sua cama.

Não teve. Ao contrário, dormiu dentro do carro da família, por cima das pernas das irmãs, enquanto se dirigiam para o interior onde moravam o resto dos parentes, a fim de enterrar o que sobrara da tia. Claudinho voltou do enterro prometendo a si mesmo que nunca visitaria aquela gente. E disse a si mesmo também que nunca moraria em prédio algum, nem que fosse no primeiro andar, no térreo que fosse – não moraria.

Cumpriu a promessa de infância. Não adiantava nada a insistência de Evinha, sua noiva. Para ela, dizia:
— Nem vem, nem vem! Se quiser casar comigo, já sabe a condição!
— Mas meu amor, a cidade está ficando tão perigosa, é mais seguro morar num prédio. Ainda mais se quisermos mesmo ter filhos.
— Escuta, Rosângela: com quanto tempo de namoro eu lhe contei a história da minha infância, está lembrada? No primeiro mês. No primeiro mês, Evinha! Vamos embora para o interior, ora! Ah, não quer? Então não me tire a paciência, faz favor.
A menina, na ingenuidade dos seus 23 anos, achava ter conhecido em Claudinho o amor eterno. Não queria mais conversa com ninguém. Estava contente em terminar sua faculdade de pedagogia e ser professora numa escola perto de casa, para poder chegar cedo e ficar esperando o marido de banho tomado e Leite de Rosas passado no corpo. O amor era tão grande que às vezes ela pensava que nem precisava de filhos. Por ela, bastava o que tinha para dar a Claudinho. Mas aí ela lembrava da vontade do noivo de ter um filho, que uma vez lhe disse, ao lhe deixar na porta de casa:
— Ter filho é um remédio contra a loucura.
Evinha fechou a porta sem entender nada, mas nunca duvidou das palavras de seu futuro marido.

Enfim, casaram-se. Seu salário de professora e o do marido, de contador, não eram suficientes para que pudessem comprar uma casa grande, muito menos na região que sonharam. Mas faziam o que podiam, e os primeiros anos deveriam ser mesmo idílicos. Se amavam como dois adolescentes.

A previsão de Evinha, no entanto, se cumpriu. Com menos de dois meses de casados, chegaram em casa num domingo depois da missa e encontraram todos os cômodos praticamente vazios. Se duvidar, só não levaram a cama porque não tiveram tempo. Quando os nervos se acalmaram, Evinha interpelou o marido:

— Não seria mesmo a hora de nos mudarmos para um apartamento?

— Nem pensar. Eu trabalho, você também. A gente manda colocar umas grades nas portas e janelas e aos poucos compramos tudo de novo.

Evinha suspirou. Não tinha jeito, ia morrer naquele lugar, se sentindo insegura e tensa.

Alguns meses depois, no entanto, a mãe de Evinha adoeceu. O médico mandou chamar toda a família: era uma questão de dias, talvez de horas. A velha mandou chamar também o genro, não queria se despedir sem dizer a ele o que tinha para dizer:

— Evinha é minha única filha. Você sabe que eu fiz muito gosto do casamento de vocês. Mas tem uma coisa que até hoje me aborrece.

A velha fez uma careta, como se pudesse sentir o câncer se espalhando para outras partes do corpo. Tomou fôlego e continuou:

— Faça o desejo dela, meu filho. Vá morar num apartamento.

— A senhora me conhece bem. Não vou lhe prometer uma coisa que eu não quero somente porque estamos em seu leito de morte.

— Claudinho, isso é coisa que se diga à mamãe?!

Foram para casa emburrados, com a velha ainda no morre-não-morre. Ao abrirem o portão da garagem, Evinha viu de longe as telhas reviradas. Não deu outra. Tudo roubado de novo. Dois dias depois, a sogra morreu. Deixou como herança para a filha Evinha um apartamento novo em uma das regiões mais nobres da cidade. Apesar da tristeza, disse ao marido:

— E agora, vamos?

Claudinho olhou para a mulher e disse:

— Eu preciso lhe falar sobre como morreram meus pais. Eles não morreram num acidente de carro, como eu lhe falei. Meu pai acordou um dia e tocou fogo no próprio corpo. Ardeu em chamas até o fim, trancado dentro de um quarto de hospital psiquiátrico. Quando os bombeiros conseguiram apagar o incêndio, o que restava do meu pai tinha o tamanho de um gato. Minha mãe morreu no mesmo ano. Deprimida com a morte do meu pai, achou de rasgar as roupas do corpo e sair correndo nua pelas ruas do bairro, até ser encontrada por um caminhão que a matou na mesma hora. A loucura está nas veias dos meus familiares, Evinha. E eu tenho medo de enlouquecer, tenho medo todos os dias.

Evinha achou que contar sobre algo tão dilacerante era uma forma de dar a ela um voto de confiança, tanto que se mudaram já na semana seguinte.

Mais segura de si, disse para Claudinho:

— Aqui sim a gente pode ter nosso filho.

Tentaram. Tentaram em todas as datas sugeridas pelo médico. Depois passaram a tentar também nas não sugeridas. Alguma hora aquele menino tinha de ser concebido. Mais de oito meses se passaram, e nada. Fizeram exames. Estava tudo certo com ambos. O médico, prevendo um divórcio, foi asfixiantemente direto:

— Deixem de besteira. O importante é praticar.

Ainda assim, os dias passavam e nada. Nada, nada.

— Escute aqui, Evinha: eu quero um filho. Se eu não tiver um filho até o ano que vem eu vou m'embora, ouviste?

Pouco tempo depois, Evinha engravidou. Finalmente, o filho tão desejado. Por recomendações médicas, parou de trabalhar imediatamente. Era preciso repouso absoluto, ficar em casa com as pernas para cima e só se levantar para ir ao banheiro. Todo o resto era para ser feito na cama.

Então, numa sexta-feira, depois do trabalho, Claudinho chegou em casa e encontrou Evinha aos prantos. Podia-se dizer: aos berros. Perguntou por perguntar, porque já da porta de entrada intuía o que estava acontecendo:

— Perdi o nosso filho, meu amor! Eu não consigo sustentar um filho teu dentro de mim!

Os soluços não paravam. Como Crisolda estivesse ali, ele abraçou a mulher, confortando-a em silêncio.

— Vá para casa, dona Crisolda. Por hoje não precisamos mais dos seus serviços. Vou ficar cuidando de minha mulher.

A cuidadora foi até o quartinho onde estava sua muda de roupa. Lá de baixo iria ligar para o namorado e dizer que poderiam se encontrar mais cedo hoje, já que havia sido dispensada antes da hora. Despediu-se dos patrões, avisou que havia uma sopinha no fogão e antes de dar as costas disse até logo, até amanhã. Claudio disse que ia pegar a sopa e que voltaria para que pudessem jantar juntos. Tudo se resolveria.

— O importante, meu amor, é saber que você conseguiu engravidar. Logo mais tudo vai dar certo.

E saiu em direção à sala. Do quarto, Evinha ouviu quando alguém soltou um grito, doze andares abaixo, seguido de um estrondo que era idêntico ao que Claudinho lhe dissera ouvir, tantos anos antes, nos primeiros anos de sua infância.

Entendeu então que a partir dali seria viúva. Só algum tempo depois foi que soube que, na queda, Claudinho havia caído sobre Crisolda, que morrera segurando a ficha telefônica com a qual planejara ligar para o seu amado, a quem diria, naquele mesmo dia, que estava grávida.

O sentimento dos outros

Todas as minhas amigas diziam que a Rosileide tinha inveja de mim, mas eu não acreditava. Inveja do que, pelamordedeus? Eu era a única da sala que estudava com bolsa, porque meus pais eram dois lascados, eu era a única que repetia o mesmo uniforme a semana inteira porque minha mãe vivia dizendo que sabão era caro, que era só eu não brincar de me esfregar no chão que durava de segunda a sexta sim senhora, e quando ela demorava um pouco mais a receber da patroa, meu cabelo crescia e virava uma maçaroca dura, que ficava em pé tão lá no alto que impedia quem estava atrás de mim de copiar o que a tia colocava na lousa.

Então, um dia eu fiquei sabendo: ela tinha inveja porque eu comia, comia e não engordava. Minhas amigas sempre me davam um pouco do lanche que elas compravam na cantina ou traziam na bolsa delas, e Rosileide ficava observando de longe. Eu achava que ela queria fazer amizade, talvez quisesse me oferecer algo pra comer e tinha vergonha, mas não. De acordo com minhas amigas, ela ficava vendo eu mastigar e engolir e, dia após dias, nada acontecer com minha barriga nem minhas coxas. Diferente das dela, que parecia que alguém soprava dentro pra inchar daquele jeito que nem um balão. Tem gente que tem sorte e tem gente que tem azar, fazer o quê?

Eu lembro que foi numa sexta-feira que eu soube que tudo o que me diziam era verdade. Eu estava sentadinha num banco, encostada na parede, mastigando um Fandangos, quando ela chegou, tomou o saco da minha mão, jogou no chão e chutou como quem quer fazer um gol.

Ela errou o chute e ficou pisando tudo quinhentas vezes, até aquilo se tornar uma triste farinha amarela sem vida. Eu fiquei só olhando pra ela porque na hora não tive reação. Olhei pra minha amiga que estava do lado e disse apenas, Era teu o saco do Fandangos, não era? Era, ela disse, meio chorosa.

O engraçado é que até aquele dia acontecer, eu tinha uma admiração bem grande pela Rosileide. Gostava daquele corpo gigante dela, do jeito com que ela respondia todo mundo sem medo. Isso até sobrar pro meu lado.

Depois daquele momento ela pareceu gostar do que fez. Quase todas as semanas Rosileide destruía ou jogava no chão algo que eu estava comendo. Descobri que ela era uma cretina, palavra que aprendi lendo uma crônica de Fernando Sabino na aula da tia Jordana, que ensinava várias coisas e também Língua Portuguesa. A gente tinha que fazer uma lista das palavras que a gente não entendia e procurar o significado no dicionário. Sempre que ela passava essa tarefa eu ficava triste porque lá em casa só tinha um livro, que era a bíblia, que deram pra gente dizendo pra gente rezar que a vida ia melhorar. Minha mãe nunca acreditou muito nisso, tanto que ela ficou sendo usada foi debaixo da nossa televisão, pra poder a gente enxergar melhor a tela um pouco mais alta. Então eu tinha que bater palma na casa da vizinha pra pedir emprestado. Eu disse pra minha mãe que no dia que eu tivesse dinheiro a primeira coisa que eu ia comprar era um pai-dos-burros só pra não ter que ficar me humilhando pra dona Regina, a única nas redondezas que tinha um dicionário. Ela disse que quem tem dinheiro compra é comida, roupa, passagem pra andar de ônibus. Eu disse que eu tinha mais era que comprar um dicionário mesmo pra fazer tudo que a tia pedia se eu não quisesse tomar bomba. Na tarefa a gente tinha que escrever uma frase com cada palavra nova. Quando eu li o significado de cretina escrevi uma frase assim: A Rosileide é uma cretina. Bastava só isso mesmo, todo mundo ia entender porque todo mundo sabia como ela era. Mas depois eu apaguei. Fiquei com medo dela nunca mais me deixar em paz. Minha natureza sempre foi meio covarde mesmo. Eu também aprendi covarde na aula da tia Jordana.

O que eu não sabia era que com frase ou sem frase eu não ia ter paz era mais nunca, porque Rosileide aprendeu a gostar de me perturbar. E quando eu ia na coordenação reclamar, diziam que iam fazer alguma coisa e nunca faziam. Teve um dia que eu guardei na minha mochila tudo o que ganhei das minhas amigas pra comer depois em casa, e quando cheguei no meu quarto que abri a mochila, estava tudo coberto de areia. Descobri que era melhor ficar com fome do que ser vítima das arengas daquela gorda nojenta.

Um dia, mesmo sem a ajuda da bíblia, minha mãe resolveu que tinha que mudar tudo. Ela viu uma propaganda na televisão de um negócio chamado empréstimo enquanto assistia ao programa Silvio Santos no domingo. Na segunda de manhã ela foi ao Panamericano, o lugar que ele dizia pra ir, e saiu de lá com um dinheiro pra ela começar um negócio que fazia era tempo que vinha na cabeça dela. Ela guardou o dinheiro longe do meu pai pra ele não beber todinho de cachaça e foi até o SENAC pra fazer um curso de culinária, que no caso dela era aprender a fazer todo tipo de salgadinho e docinho de festa. Eu perguntei pra ela onde ela ia guardar as coisas se os pedidos começassem a crescer, porque nossa casa era muito pequena e também porque ela vivia reclamando dos ratos. Mamãe respondeu que isso ela resolvia comprando veneno para eles assim que entrasse dinheiro e que se isso não desse jeito ela ia me colocar pra pastorar as comidas das entregas durante a noite. Eu fiquei preocupada porque eu tinha que ir pra escola de manhã e como é que você vai pra escola cedo sem ter dormido pastorando rato de noite? E ela ainda disse assim: Olhe lá se eu não te tirar da escola pra você me ajudar. Eu disse a ela que quando eu crescer eu quero ser é médica adêvogada dentista, não uma mulher que vive de fazer salgado e doce. Minha mãe perguntou qual era o poblema em ser uma pessoa que ganha a vida cozinhando e eu não soube responder, eu só disse a ela que não era aquilo que eu queria pra mim. Depois, na escola, perguntei pra tia Jordana se tinha algum poblema em ser filha de uma mulher que cozinha pra fora. Ela disse Mas claro que não, meu amor! Não há demérito nenhum nisso, pelo contrário! E me deu um abraço, acocorada pra ficar da minha altura e beijou minha bochecha e meu cabelo duro. Tia Jordana cobrava muito da gente mas era também uma pessoa muito muito boa. Antes dela se levantar eu perguntei, Tia, o que é desrémito? Ela riu e me explicou direitinho. Esqueci de dizer que a tia Jordana também era muito paciente.

    Voltei pra casa feliz da vida pra dizer pra minha mãe que eu tinha a resposta pra pergunta dela. Mamãe, não tem desrémito nenhum em ser filha de mulher que cria os filhos cozinhando. Não tem o quê, menina? Desrémito. Aprendi hoje na escola graças à tia Jordana. Significa que não tem poblema nenhum em você me criar cozinhando pros outros. E por acaso eu não sei disso? Precisava ir perguntar isso na escola? Mas foi você que me perguntou..., comecei a dizer. Ela fez que não me ouviu: É cada besteira que esse povo ensina em colégio que francamente!

O que importa é que deu certo mesmo. Minha mãe começou fazendo uns bolos e coxinhas pra vender pela vizinhança. Com o passar do tempo nem precisou mais sair de casa, as pessoas vinham fazer os pedidos lá em casa mesmo ou por telefone. Quer dizer, telefone não, pelo zap, porque ninguém faz mais ligação hoje em dia. Logo no primeiro mês ela mandou fazer uns papéis com o telefone e o endereço lá de casa e deu 20 reais pra um moleque da rua entregar pelo bairro. Os pedidos aumentaram ainda mais. Então mamãe comprou um veneno pra rato que parecia um grãozinho de arroz só que preto, porque avemaria se um pedido fosse roído para o cliente, era o mesmo que botar tudo a perder, ela disse. De noite eu via minha mãe tirando os grãozinho preto do saco onde tinha escrito EXTERMIRATO e vários desenhos de ratos caído no chão com umas cruzinhas por cima dos olhos. Ela colocava pelos canto da cozinha todinha. Dali pra frente todo dia amanhecia um rato morto. Uma hora era debaixo do sofá, outra hora na cozinha, outra hora dentro da despensa, onde mamãe guardava as coisas que usava pra cozinhar. Uma hora essa praga vai acabar!, ela dizia pela casa. E eu tinha certeza que ia. Mamãe sempre foi muito determinada.

No colégio eu já não comia mais nada, com medo da Rosileide. Então, um dia, mamãe teve uma ideia. Gracilene, a partir de hoje nós vamos fazer assim: você leva uma vasilha cheia de docinhos e salgadinhos pro colégio. Se vender a partir de cinco reais, pode comer um docinho e um salgadinho, fica sendo a sua merenda. E se não vender?, perguntei. Então você deixa pra comer arroz e feijão em casa quando chegar do colégio, ora. No começo eu fiquei preocupada tanto em passar fome na escola quanto em ver Rosileide destruir as comidas da minha mãe. Por outro lado fiquei pensando que só assim pra fazer mamãe ir na escola tirar satisfação com a diretora. Aí eu ia ver cadeira voar.

Mas isso não precisou acontecer. As comidas da minha mãe foram um sucesso logo no começo, e antes que Rosileide pudesse sequer se aproximar já não tinha mais era nada. A gente passou a comer carne duas vezes por semana com o dinheiro que eu apurava no colégio. O resto fica pras coisas que você for precisando durante o ano, mamãe disse. Ela era muito cuidadosa e organizada.

Apesar de todas essas alegrias, Rosileide sempre me ameaçava quando me via segurando alguma coisa de comer que não tivesse vindo lá de casa. Então, um dia, eu tive uma ideia.

Cheguei em casa e fui logo procurar se minha mãe ainda tinha a comida preta pra rato. Tinha um pacote quase cheio, da mesma onde estava escrito EXTERMIRATO. Peguei a vasilha de plástico onde eu levava as comidas dela e saí enfiando vários nos brigadeiros. Eu enfiava, ajeitava de novo a bolinha e colocava em cima do enfeite de papel dourado. Fiz isso em mais de quarenta. No outro dia de madrugada minha mãe ia colocar as coxinhas e agora também empadas ao lado dos brigadeiros, eu passava na cozinha antes de ir pra parada de ônibus e levava a vasilha na mão e a mochila nas costas.

Nesse dia eu sentei perto de onde a Rosileide sempre sentava. De vez em quando eu abria a vasilha só pro cheiro se espalhar bem muito. Da minha carteira eu conseguia ouvir não só a Rosileide, mas também outros meninos fungando bem fundo como se pro cheirinho gostoso das comidas entrar direto no nariz deles. Eu quero, me dá, ouvi vindo detrás de mim. Era justamente a voz que eu queria ouvir. Os meninos começaram a soltar uns risinhos gaiatos. É melhor você dar, Gracilene. Você sabe o que a gorda faz quando você e comida estão juntas, não é? Toma, eu disse, abrindo a vasilha. Ela meteu a mão e pegou quantos conseguiu. Enfiou vários de uma vez só na boca. Bem nessa hora a tia Jordana se virou da lousa e disse, Gracilene, se você está distribuindo eu também quero um. Eu pensei E agora? Pegue uma coxinha, tia Jordana, brigadeiro não tem mais. Tem sim, disse a gorda, com a boca cheia de chocolate, mas quando olhou dentro da vasilha não havia mais nenhum mesmo. Obrigado meu deus pela gulodice da Rosileide, pensei. Pensei e saí correndo disparado pra cantina com uma parte do apurado. Eu sabia que lá também vendia brigadeiro, mas justo naquele dia não tinha nenhum nem pra eu agradar a tia Jordana que eu tanto amava.

Pouco tempo depois, Rosileide pediu para ir ao banheiro. Já era a última aula quando alguém da coordenação veio pegar a mochila dela. Pegou e saiu, sem dizer um pio. Ninguém perguntou por ela, nem a tia, porque ela não fazia falta.

No dia seguinte, quando eu cheguei na escola, tinha um aviso na portaria dizendo que as aulas haviam sido canceladas e que todos os alunos deveriam ir para o velório da aluna Rosileide dos Santos Silva, que estava ocorrendo naquele momento. O enterro foi de tarde. Todo mundo do colégio estava lá. Nem quando as aulas eram canceladas eu podia ficar em casa assistindo Chaves, que bosta. Teve uma hora que os pais e os dois irmãos da Rosileide foram falar com todo mundo da nossa sala. Mandaram a gente ficar um do lado do outro que eles iam passar agradecendo pela presença. Disseram pra mim pra eu dizer meussentimentos quando chegasse a minha vez e eu disse mesmo sem entender o que aquilo significava. Nunca gostei de parecer desobediente. Eles todos choravam muito, enquanto eu estava toda animada, mas não demonstrava porque uma vez vi num filme uma mulher rindo no enterro de um parente dela e todo mundo olhou pra ela como se ela fosse a pior mulher do mundo. Mas como é que você chora por uma monstra que nem a Rosileide? Será possível que eles não conheciam a filha que tinham dentro de casa?

Quando o caixão desceu eu joguei uma mão cheia de terra preta do cemitério, imaginando que era um monte de pedrinhas do mesmo veneno que eu tinha colocado no brigadeiro. Tinha visto isso num filme. Nele, a pessoa que fazia isso também enxugava uma lágrima, então eu passei minha mão por baixo do meu olho e funguei, de cabeça baixa.

No dia seguinte, a diretora passou em cada sala pedindo que a gente orasse pela tia Jordana. Que foi que houve com ela? Ela está no hospital. Comeu alguma coisa que fez mal a ela e precisa muito da oração de vocês pra se recuperar. Lá em casa minha mãe dizia que oração não salva ninguém, o que salva a gente é o trabalho. Mas como é que a tia Jordana ia poder trabalhar se tava doente?

Acho que foi por isso que ela morreu. O enterro foi no mesmo lugar onde enterraram a Rosileide, mas nesse eu não fui. Fizeram foi me levar pra uma psicóloga. Eu chorei muito com a morte da tia Jordana. Soube depois que a gorda tinha dado a ela três brigadeiros dos que ela havia pegado na hora que eu saí para a cantina, e ela comeu ali mesmo, em pé, conversando com a turma.

Então ficou assim: eu matei a Rosileide que matou a tia Jordana, que me colocou onde estou agora. Nunca mais fui pro colégio. Quer dizer, tem essas aulas aqui no centro de recuperação, mas não é a mesma coisa. Aqui a gente tem que chamar de professor, não de tia, e são todos chatos. Tem uma tal de não-sei-quê social que me disse que minha mãe perdeu minha guarda. Eu só sei que desde que ela me disse isso eu só posso ver a mamãe se ela estiver do lado. Todas as vezes minha mãe chora e pergunta por que eu fiz aquilo. Eu digo a ela que não importa e que eu vou tocar fogo em tudo e fugir dali junto com as outras meninas. Nessa hora eu vejo a não-sei-quê social fazendo umas anotações num caderninho, minha mãe corre pra dizer que eu estou brincando, imagina eu colocar fogo em alguma coisa. A mulher fica calada, só deixando a gente conversar. Mas já está tudo decidido. E não sou eu mesmo que vou colocar fogo em nada, é a Elaine e a Patrícia. Elas que entendem de fogo, estão aqui por isso. Eu vou só fugir mesmo. Eu não era pra tá aqui não. Aprendi com a minha mãe e também no colégio que a gente deve se livrar de gente ruim. Aí eu me livrei da Rosileide e olha só no que deu.

É tão difícil entender os adultos.

Guardo numa caixa meu mais precioso cristal

Dizem que minha bisavó começou a enlouquecer depois que minha vó morreu. Não sei ao certo, não tenho lembrança nenhuma dela. Minha mãe me contou que quando eu nasci o câncer que a mataria já estava bem espalhado pelo corpo. Contou também que ela me pegou no colo, olhou para mim com lágrimas nos olhos e disse numa voz pesarosa, É uma pena que eu vá conviver tão pouco com meu pequenino... Como ela soube disso, ninguém fazia ideia. Pelo que consta no histórico familiar, ninguém nunca falou a ela de sua doença, ainda mais naquela época, em que a tecnologia era pouca e os recursos para tratamento menores ainda. A família recebeu o diagnóstico como quem aceita um destino. Um dos irmãos dissera que tinha notícia de que quando o doente sabia da doença num instante definhava e morria. Se quisessem que ela durasse mais, que ficassem calados, advertiu. Todos obedeceram. No fundo, esperavam um milagre que nunca veio.

Quando ela finalmente morreu eu mal começara a andar. A família cresceria muito nos anos seguintes, mas naquele instante eu era o mais novo dentre apenas quatro netos. E digo apenas porque eram muitos os irmãos de minha mãe, doze, espalhados por muitas cidades.

Como eu não tinha com quem ficar, me levaram para o velório e o enterro. Minha mãe, com um rosto inchado, como pude ver anos depois pelas fotos, disse que a gente ia para um lugar onde as pessoas faziam silêncio e que eu me comportasse. Ela conversava comigo como se eu fosse entender tudo aquilo. Estava fora do ar e meu pai, que só pensava na hora que tudo aquilo terminaria e que ele poderia voltar para casa, não criava caso. Segundo ele, ela só sossegou quando eu fiz um som qualquer como se estivesse a prometer que não faria barulho. Mesmo assim ela me deixou do lado de fora, junto com a babá de outras crianças. Acho que porque, na cabeça dela, eu poderia ver minha vó deitada num caixão e em alguns anos começaria a fazer perguntas sobre um dia que ela preferia esquecer. Minha família tem muito disso, não falamos sobre assuntos incômodos. Se o toque dói, então o que quer que seja não deve ser tocado, ouvi uma tia minha dizer certa vez, mas não demorou para descobrir o quão errada ela estava.

Como forma de manter minha bisavó viva e em paz, ficou acertado que os filhos se revezariam para visitá-la. Manter sua mente ocupada e a cabeça em outros assuntos era a melhor forma de fazer com que ela mantivesse sua sanidade de pé. Da capital para a cidade onde os filhos foram criados eram mais de 200 km e, de lá, mais setenta, no que parecia ser o interior do interior, numa estrada seca de cascalho, estreita, onde nada chegava.

Demorei a visitar minha bisavó. Minha mãe era uma mulher tomada por muitos medos, e por receio de que eu me acidentasse, ou que fosse picado por um escorpião ou cobra e não tivesse como ser socorrido naquelas paragens, fez com que eu convivesse muito pouco com a minha Belinha. Era como a chamávamos.

Ainda lembro da casa no meio do nada onde ela morava, isolada de tudo, sem eletricidade, chão de cimento batido, paredes irregulares e teto sem forro, um telhado seguro por vigorosas toras de madeira. Ao redor da casa só terra rachada, um terreiro onde já se tentara criar galinhas, mas o sol e a escassez de água não deixaram. Não havia quem não tivesse os pés rachados, a água vinha de um poço artesanal que de vez em quando trazia um líquido duvidoso que todos ingeriam assim mesmo, era aquilo ou nada, ninguém ali tinha mais idade para caminhar um absurdo de quilômetros até uma lagoa barrenta qualquer com lata na cabeça. E dali não passavam porque não tinham para onde ir.

Mas quando eu saía da capital para visitá-la, nas férias, bastava me ver que me colocava no colo e sorria como quem reconhece diante de si a alegria em todas as outras horas negada. Pegue ali meus dentes, Elieuda, quero beijar direito o menino, dizia ela para a mocinha que ajudava em seus cuidados. Dali a pouco vinha a menina segurando um copo de geleia de mocotó cheio de água com as dentaduras dentro. E ela me beijava, me beijava tão cheia de felicidade que nem parecia que havia perdido uma filha. Talvez rejuvenescesse uns anos, talvez visse em mim a possibilidade de não existir naquele lugar tão sem perspectivas, quase um mau agouro, sabedora que era de que o cabo da enxada fora o único caminho possível para muitos dos seus filhos.

Foi através dela que eu lidei com a demência pela primeira vez. Fui vendo minha bisavó definhar em vários aspectos, como um encantamento que vai se desfazendo aos poucos até mostrá-la plenamente humana e real: couro e ossos, a mente sã há muito longe dali. Passava os dias dentro de uma rede encardida, dizendo repetidamente, numa voz aquebrantada e cansada: Regode, regode, regode. As filhas achavam que ela queria dizer Rogai, ou

Rogai por nós. Sempre uma desculpa católica, como se Deus fosse se recusar a levar para junto de Si uma mulher que perdera marido e filhos e que já não reconhecia mais ninguém.

Anos depois, quando revirei velhas gavetas e descobri as muitas fotos do velório e do enterro de minha avó – hábito esse que eu nunca compreendi –, pude ver minha bisavó fotografada de costas, em pé em meio às outras pessoas que assistiam a cerimônia do velório, tendo por trás de si um banco de madeira que aguardava a ordem do padre para sentar. Era uma mulher de pele escura, acinzentada pelo ressecamento do sol. Magra, com seus cabelos prateados e endurecidos pela genética e pela falta de cuidados, usava um vestidinho estampado e muito fino, e uma sandália que parecia ter calçado sem precisar da ajuda das mãos. No dia do velório da própria filha, havia sido levada por um dos familiares da sua casa nos confins do sertão até a funerária e depois ao cemitério. Fora cumprir o ritual de despedida, sem imaginar que a partir dali estaria abandonando a si mesma, tamanha parecia ser sua fragilidade, só revigorada no instante em que me colocava no colo a sorrir.

Minha bisavó morreu desnuda. Despia-se diante dos que amava, dizendo coisas nunca antes verbalizadas. Só bem mais adiante, depois de ter magoado muita gente, ela supostamente pedia para rogarem por nós, o que não significava muito diante da pouca clareza. Minha bisavó Belinha não teve um instante de lucidez que dizem que os loucos têm pouco antes de morrer. Ou talvez lucidez seja mesmo desconectar-se desse mundo, num último ato possível de inconformidade com aquilo a que chamamos de realidade. Seja como for, eu via aquela mulher que me segurava tão firme no colo agora precisar ser amparada. E entendi ali, naquele instante, que eu já não era mais um menino, e que me separava dela apenas por uma pequena fração de tempo, quando então nos encontraríamos no nada inefável, onde não havia mais distância alguma, nem dor ou sofrimento, e onde as peles se tocam sem dizer ai.

Militância

No dia que conheci Gabriel ele foi logo dizendo que era louco para ter filhos. A frase foi dita numa mesa de bar, onde também estavam outros vários amigos que tínhamos em comum. De vez em quando alguém do grupo levava uma pessoa de fora, talvez seguindo a máxima ancestral de que o ser humano é um ser gregário. E ele era muito. Planejava para si uma casa cheia de crianças. Mesmo conhecendo apenas a pessoa que me levou para aquela mesa cheia de gente, eu disse que não tinha vontade alguma de ser mãe. É preciso vocação, algo como uma espécie de chamado, defendi. Aquele virou imediatamente o tema da mesa, com gente concordando com o que eu dizia, concordando com meu direito a não ter vontade de ser mãe ou se opondo a ele alegando que uma existência num corpo de mulher só se justificava a partir da maternidade, e eu precisando defender o tempo todo o caráter de mulheres que não a desejavam.

Após a discussão, muito papo e bebedeira, eu e Gabriel terminamos a noite em um outro bar, sozinhos, e nosso encontro seguinte foi na cama dele, onde confirmamos aquilo que estava latente desde o começo: a força do nosso desejo. Como ele nunca foi de ter rédeas na língua, na semana seguinte chegou me pedindo em namoro. E minha apatia quanto à ideia de ser mãe?, perguntei. Isso a gente trabalha juntos. A menos que você sofra de agapefobia, aos poucos se descobrirá amando de uma calopsita, passando por mim, até uma criança. Amar é a descoberta do amor, é ponte, ele me explicou didaticamente. Eu ignorei a pieguice e a cristandade das palavras dele porque em outros momentos Gabriel conseguia ser ótimo. Algum tempo depois, casamos. Não demorou muito e eu me dei conta de que o mesmo cara de pensamento aberto, disposto a frequentar os mais diversos lugares com pessoas de todas as estirpes não só desrespeitava o que eu havia decidido para o meu futuro como imaginava que poderia me convencer do contrário. Lembrei tarde demais que ele era um dos que defendeu à mesa no primeiro dia a ideia de que mulher precisava ser mãe. O problema, porém, era a minha paixão. Eu continuava alucinada pelo Gabriel. Mais uma vez eu não consegui resistir ao homem que amava, e mudei todos os meus planos. Quando ele tornou a insistir, disse que iria pensar um pouco, que queria me entender melhor com ele. Foi o que bastou para que ele se acalmasse durante uns dias.

Aproveitei para conversar com Renata, que costumava arrazoar com o irmão sobre a situação que envolvia a mim e a ele. Que era preciso respeitar minha decisão, que ele já sabia o que eu queria quando casou comigo etc. Não adiantava. Ele defendia de maneira estoica que eu *tinha que* mudar. Desde o começo do meu namoro com Gabriel eu e Renata nos tornamos amigas. Ela talvez fosse a pessoa da família dele que melhor me compreendia. Quando eu e Gabriel nos casamos, fomos morar num bairro um pouco mais afastado. Renata tinha um filho de quase um ano que criava sozinha desde os tempos da gravidez, quando o pai decidira que era melhor não se fazer presente e caiu na estrada seguindo um rumo ignorado. Era um menino meio esquisito, que parecia alheio a tudo a maior parte do tempo, mas Renata parecia não se importar – ou não dispor de tempo para isso, então eu que não ia arranjar mais um problema pra mim. Na tentativa de tê-la próximo mas não dentro da nossa privacidade, convenci-a a se mudar para a casa ao lado, que estava para alugar. Assim, poderíamos contar uma com a outra – e eu mais ainda, já que mantê-la por perto significaria ter ao meu redor uma aliada. Fora que, quem sabe com o sobrinho por perto, Gabriel acabasse se contentando em exercer a paternidade com Marcos, o filho da Renata.

Não sei de onde eu tirei tanta ingenuidade. Eu chegava em casa do trabalho, chamava pelo Gabriel e nada. Isso até descobri-lo no chão da garagem da Renata, brincando com o menino. Aquilo ia me dando um desespero, uma sensação de asfixia, que eu compreendi facilmente que havia perdido a luta. Quer saber?, pensei, Eu vou engravidar logo. Se é pra ter uma criança que seja o quanto antes, enquanto eu sou jovem. Quanto mais cedo ele nascer, mais cedo cresce e vai embora. Gabriel também achava que a idade de soltar os filhos no mundo era aos dezoito anos. Então estava ótimo, era só me acostumar com a ideia, já que pra fabricar meu destino de continuar na vida do Gabriel, era preciso me contentar que eu não estaria com ele no futuro sozinha.

Eduardo nasceu pesando quase quatro quilos. Era um menino robusto, em tudo parecido com o pai. O passar do tempo mostraria que, em se tratando de personalidade, ele parecia mesmo era comigo. Era de uma anuência inacreditável para um bebê que mal existia para o mundo e que a cada instante se predispunha a descobri-lo. Comia de tudo sem reclamar, ficava onde o deixássemos sem chorar. Eu mal percebia que existia uma criança na casa. Apesar disso, ele me cansava. Gabriel exigia que o menino mamasse, e eu não aguentava mais ser mordida, ainda que por acidente, e tentava convencê-lo a desmamar. Leite NAM existe pra quê?, eu dizia apenas para irritar o Gabriel. Começamos a brigar por tudo. Ele não dormia, eu também não. Eduardo chorava irritado com o barulho que fazíamos durante as brigas e discussões, o que nos impedia de dormir e tornava Gabriel ainda mais mal-humorado. Mas quando ele veio me propor que abandonasse o emprego para cuidar melhor do nosso filho enquanto ele se transformaria no único provedor, eu surtei. Disse vigorosamente que não.

No dia seguinte, cheguei em casa e Gabriel não estava mais lá. Tudo o que dizia respeito a ele desaparecera. Suas roupas, as fotos sobre os móveis, os quadros na parede que ele comprara, não havia mais nada nos lugares. Nem o Eduardo. Diante do choque, sentei no sofá e parei para ouvir a casa vazia. Meus ouvidos captaram o som de um pássaro, distante. Ao longe, alguém passou de bicicleta. Os ventos que corriam velozes a partir de julho assobiavam ao passar pelas frestas da janela. A felicidade foi alcançada apenas até o momento em que me lembrei que Gabriel também não estava mais ali. Soube por Renata que ele havia deixado suas coisas na casa dela e estava hospedado com Eduardo na casa de um casal de amigos. No mesmo dia, recebi a ligação do advogado dele, pedindo o divórcio. Apesar de todo o meu amor, de toda a minha vontade de estar com ele, eu decidi não lutar mais. Inclusive abri mão da guarda de Eduardo. Pedi apenas para ter o direito de vê-lo todos os fins de semana e ficar com ele na minha casa – que àquela altura eu ainda não sabia onde seria – de quinze em quinze dias. Gabriel concordou. Apesar de tudo, Flávia, é importante que ele conviva com a mãe, ele me disse quando fomos assinar o divórcio e resolver tudo na frente do juiz. Renata passou a empenhar uma campanha para que resolvêssemos nossa situação. Mas já está resolvida, Gabriel dizia a ela. Quando era comigo que ela vinha falar, eu apenas ficava de cabeça baixa, olhar voltado para o chão. Ainda assim, Renata não desistia. Passou meses abertamente defendendo que deveríamos nos casar novamente e deixar de lado o que chamava de "uma tolice feita no calor do momento".

A verdade é que a temperatura só baixou entre nós quando nos separamos e eu fui morar num bairro bem mais distante, sozinha. Foi também nesse tempo que resolvi fazer, em parte, o que Gabriel tanto me pedira: comecei a trabalhar apenas no período da manhã. À tarde e à noite, passei a trabalhar em casa, por conta própria. Era uma maneira de ter mais tempo pra mim e para o Eduardo. Três vezes por semana eu saía do trabalho, pegava o Edu e ia deixá-lo na casa de Renata. Nossos filhos se davam muito bem e brincavam o dia inteiro, do jeito deles, sob a supervisão da babá que Renata contratara. Era a maneira que eu tinha de conseguir paz para fazer meus bolos e salgadinhos, que começavam a ter uma clientela cada vez maior.

Eduardo começou a aprender a andar na mesma época que Gabriel arrumou uma namorada; e isso foi bom, porque minha vontade de ver meu filho se desenvolver fez com que eu criasse exercícios para fazê-lo caminhar o mais rápido possível, e tirava o meu pensamento dessa nova mulher na vida do meu ex-marido. Comecei colocando seu brinquedo favorito do outro lado do mesmo cômodo e fazendo com que ele fosse pegá-lo no lugar onde eu o colocara. Eduardo ia todo serelepe, as perninhas trotando numa cadência ritmada e feliz. O brinquedo favorito mudava a cada semana, claro, mas o exercício vinha surtindo efeito; era perceptível o quanto as pernas de Eduardo, antes claudicantes, começavam a se tornar mais firmes e seguras.

Foi nessa época também que eu comecei a ver a tal da namorada do Gabriel todas as semanas. Era como se ela fizesse de propósito: eu ia deixar o menino na casa da Renata e ela chegava em seu carro na mesma hora. Ela acenava e sorria como se não soubesse quem eu era, tirava a chave da porta da frente da bolsa e entrava, enquanto eu esperava a babá abrir a porta da casa da Renata pra mim. Achei aquilo um ultraje. Como podia aquela mulher já ter a chave da casa, casa que eu havia praticamente acabado de desocupar? Fiz confusão, disse para Gabriel, quando fui pegar Eduardo com ele na noite de sexta, que não queria aquela mulher convivendo com o meu filho. Qual o problema? Ela é minha namorada. Gabriel, essa mulher entra e sai aqui na hora que quiser. Há quanto tempo você a conhece para que ela tenha tal liberdade? Ele fez uma cara de incredulidade, ignorando por completo o que eu acabara de insinuar. Escute, Flávia: eu não vou discutir na frente do nosso filho. Ele já passou por isso vezes sem conta antes de nos divorciarmos, e fazê-lo mais uma vez só serve para me lembrar por que não estamos mais juntos. E, dizendo isso, abaixou-se até onde estava o menino, deu um beijo nele e disse, Até domingo, fechando a porta em seguida.

Passei o final de semana praticando o andar do meu filho, que quase não precisava de mais auxílio nenhum para se locomover. Ele andava inebriado com um tal de spinner, um brinquedo feito de diversos materiais, predominando a borracha, e que nada mais era do que a versão moderna, colorida e tecnológica do pião com o qual os meninos tanto brincavam na minha infância.

Quando eu fui devolver o Eduardo para o pai, Renata me chamou à porta e perguntou se eu poderia passar a tarde na casa dela em algum dos dias daquela semana. Eduardo continuava a passar três tardes por semana com a babá e o filho dela, e se eu pudesse prestar a ela esse favor seria ótimo, porque a babá precisava de um dia de folga para madrugar na fila onde retiraria a ficha para matricular o filho na escola no ano seguinte. Pode ser qualquer dia. Eu fico em casa pela manhã, você chega na hora do almoço com Eduardo e fica aqui até eu voltar do trabalho. Nesse dia, vou aproveitar para combinar com o seu Manoel, que presta serviços hidráulicos para o pessoal da vizinhança, para dar uma passadinha aqui e resolver um problema no banheiro. Ele vai se identificar e geralmente ele estaciona o carro aqui na garagem. Eu sabia quem era o Manoel, já o tinha visto num entra-e-sai apressado das casas ao redor incontáveis vezes. Fiquei de dizer a ela qual o melhor dia para mim, nos despedimos e eu fui para casa com uma ideia feliz na cabeça.

No dia combinado, quando cheguei na casa da Renata o carro do seu Manoel já estava lá. Ele tinha acabado de chegar e logo descobriu que o problema no banheiro não era o único: havia também um vazamento na cozinha. A senhora se importa se eu ficar um pouco mais de tempo? Não vou resolver tudo tão depressa quanto imaginava. Leve o tempo que quiser, eu vou estar aqui na sala brincando com as crianças. Ele fez um carinho breve na cabeça dos meninos, pegou sua maleta de ferramentas e foi para o banheiro. Quando o barulho por lá começou, retirei do bolso um spinner repleto de luzes vibrantes, coloquei um pedacinho de Blu-tack nele e colei no para-choque do carro do seu Manoel. Chamei Eduardo e disse, Olha aqui onde está seu brinquedinho. Ele foi logo esticando a mão para pegá-lo, mas eu dei um tapinha de leve e disse, Só quando a mamãe disser que pode. Ele entendeu o recado. Quando levantei o olhar, Marcos estava colado aos meus pés. Passem já para dentro, disse a ambos. Foi engraçado ver aqueles meninos tão pequenos correndo de forma desengonçada em seus corpinhos frágeis.

Terminei, anunciou seu Manoel, saindo da cozinha com ar de triunfo. Ele claramente amava resolver problemas domésticos. A senhora diga à dona Renata que ela nem tão cedo vai voltar a ter problema no encanamento da pia nem do banheiro, disse ele para mim, enquanto eu o pagava. Sorri de volta e disse que daria o recado. Só um instante que eu vou abrir o portão para o senhor. Ele ficou na sala terminando de ajeitar suas ferramentas, ou fingindo fazê-lo, já que talvez se sentisse deslocado no meio da sala de estar da casa. Eu peguei a chave do portão, coloquei Eduardo no braço e, depois de escancará-lo, coloquei Eduardo no chão. A rua estava tranquila. Ainda naquele tempo, aquela vizinhança sem prédios continuava a ser muito calma. Olhei para o meu filho e disse para ele, Quando a mamãe avisar, vá correndo pegar o seu brinquedo, certo? Ele riu, ávido. Ouvi a porta do carro do seu Manoel bater e em seguida, o barulho do motor. Vai, Eduardo!, disse, numa empolgação controlada, dita com a veemencia apenas suficiente para ele comprar a minha ideia. Só Deus sabia se havia testemunha em algum lugar. O menino foi numa empolgação incontida. De onde estava, ouvi o *trec, trec* que o pneu do carro fez quando passou por cima da pequena caixa torácica do meu filho. O carro do seu Manoel parou e eu corri aos prantos para a traseira do veículo, retirei o spinner que estava afixado num movimento sorrateiro e o enfiei no meu bolso. Seu Manoel saiu do carro perguntando no que ele havia batido. Quando viu Eduardo e o estado em que se encontrava, levou as mãos à cabeça e caiu num choro desesperado.

Eu fui a primeira a chegar ao velório do Eduardo. Em seguida, Gabriel chegou sozinho, vestido de preto e óculos escuros. Correu para me abraçar assim que me viu, aos prantos e aos berros de Que tragédia, minha vida acabou!, no melhor estilo Nelson Rodrigues, que sempre me parecera um bocado cômico. Se eu não soubesse que sua dor era legítima, teria achado graça. Eu o abracei e chorei junto com ele. A namorada dele chegou quase meia hora depois, mas ele a ignorou. Fomos juntos para o enterro. A namorada dele havia ido embora, e depois eu fiquei sabendo que ele disse que aquele não era o momento para que ela se fizesse presente. Ficamos de mãos dadas durante todo o enterro. Às vezes eu chorava e colocava a cabeça no peito dele, que me envolvia em seus braços como se acolhesse para si o amor que deixara escapar com a morte do filho.

Seu Manoel foi preso, acusado de homicídio culposo. Ele alegava que fora uma fatalidade, dizendo que não vira o momento em que a criança saiu da calçada para, "por algum motivo estranho", sair correndo para a traseira do veículo. Confesso que tive pena de seu Manoel, mas eu deveria ser a mãe arrasada até o fim. Além disso, não sabia qual seria a reação do Gabriel se eu quisesse de alguma forma defender o assassino do seu filho. Soube que ele resolvera fazer uma greve de fome na prisão e, porque já não era um jovenzinho, morreu em poucos dias. Eu mesma tratei de arranjar um novo bombeiro hidráulico para prestar serviços a todos da vizinhança.

Pouco depois que Eduardo morreu, fiquei alegre em saber que Marcos fora diagnosticado tardiamente como portador da síndrome de Asperger. Renata me disse que logo depois que ele completara um ano, vinha percebendo no filho um comportamento ausente e dificuldades que talvez crianças daquela idade não tivessem, mas que sua vida sempre corrida e a ausência de alguém para ajudá-la de forma mais sistemática a impediam de mandar investigar. Como ele já tinha mais de dois anos quando o acidente ocorreu, fiquei com medo do que ele pudesse lembrar quando estivesse mais crescido e que talvez ele poderia articular melhor as ideias e as palavras. Sabe lá do que ele lembraria? Quando entendi que isso jamais aconteceria, o que prevaleceu foi o alívio que dura até hoje.

Gabriel se reaproximou de mim de uma vez depois que a última pá de terra foi colocada sobre o caixão de Eduardo. Pediu perdão por ter cometido a burrice de se separar de uma mulher tão extraordinária, por ter esfacelado a nossa família, o que, segundo ele, "sem dúvida" fora o que fizera com que perdêssemos nosso filho. Mas o que importa é o daqui pra frente, assegurei, e ele disse baixinho, com o rosto inundado de lágrimas lavando o meu colo, que sim, que era tão bom estar comigo, me perdoe, Flávia, me perdoe.

Guardo comigo dentro de uma caixinha o spinner que afixei no para-choque do carro de Seu Manuel. Hoje virou um pedaço de borracha opaco e inútil, mas quando vejo meu homem na cama, só meu, todo meu, sem ter que dividi-lo com mais ninguém, sei que tenho guardado comigo, naquela caixinha, um troféu.

[interlúdio rodrigueano]

Preconceito linguístico

Tudo ia às mil maravilhas na recente comunhão entre Maria Flor e Alcebíades, até que ele resolveu dormir na casa de sua pequena nas noites em que faziam amor, o que, ultimamente, significava quase todas as noites.

O problema não estava em seu ronco, nem no espaço que ocupava na cama, e muito menos no fato de acordar duas, três vezes para ir se aliviar no banheiro. Não, nada disso a incomodava. O problema estava no fato de que ele acordava cedo para trabalhar – controlava o almoxarifado de uma multinacional perto do porto e para estar lá no horário precisava sair às quatro da manhã – e, antes de fechar a porta da frente do apartamento da amada, deixava-lhe um bilhetinho debaixo de sua chinela que ficava sobre o tapete, bem do lado da cama em que ela deitava.

A pieguice do bilhete era a parte bonita. O problema eram as construções frasais. Eram uns tais de "Concerteza eu te quero para sempre", "Eu te amarei todos os dias denovo, denovo e denovo!", "Mim liga assim que acordar, bebê.", "Ti amo" e quetais, que faziam com que Maria Flor já acordasse ruborizada, quase como se na verdade tivesse dormido sob o sol. Recorreu à amiga Eleonora, com quem trabalhava numa loja de perfumes e que havia apresentado um ao outro. Vociferava:

— Assim não dá. Assim não tem quem aguente!

A amiga ironizava:

— Você tem o nome mais simples do universo. Duas delicadezas. O nome de uma santa e o nome de um negócio tão frágil que dá é pena. E fica aí ralhando seu namorado como se fosse a Rainha da Física Quântica. Você quer saber minha opinião? Quer saber mesmo?

— Diga, diga.

— Na hora que a cama se sacode, o que conta é o português que ele escreve no bilhete depois que goza?

— Evidente que não, Eleonora. Mas eu não quero apenas isso no homem que escolher para casar.

— Então é isso: você é uma besta. Uma besta, ouviu? E digo mais: vai aproveitando tudo o que puder do Alcebíades, Maria Flor. Aquilo ali não é homem de se achar em toda esquina não, viu? Não esqueça que eu conheço a peça. Fique atenta. Da marmita que hoje você come sozinha muitas querem comer.

Maria Flor tomou aquilo como um destino. Deixou o namoro se desenrolar, mas cada vez sentia menos interesse sexual por Alcebíades. Era uma moça que crescera num ambiente de muitos livros. Seu pai, dono de um cartório, ensinou-lhe desde cedo a paixão pelo papel e pelas palavras. Sua mãe era uma dona de casa bem instruída, não havia assunto sobre o qual não conseguisse conversar. E agora, naquele homem simples, mas que desde o início lhe parecera tão maravilhoso, estava o seu erro fatal. Como não havia percebido desde o início que ele só tinha músculos a oferecer, como? Foi a pergunta que fez para sua amiga Beatriz, que respondeu com a navalha na carne:

— Carência, minha filha. Muito simples a sua pergunta. Quando a gente passa tempo demais precisada de uma companhia masculina, cometemos o erro de cegar para muita coisa. É aí que a gente cai da calçada e morre atropelada em plena Oscar Freire!

A amiga estava certa. Mesmo assim, estava decidida a não desistir de Alcebíades. Mudaram completamente os programas que faziam juntos. Se antes iam a bares e festas nos apartamentos dos amigos, agora frequentavam livrarias e cinemas onde só exibiam filmes europeus. Maria Flor ia, aos poucos, dando ao amado, de colherzinha, uma educação sentimental que ele nunca tivera: a que opera através do intelecto. Por algumas semanas, tudo deu certo, até que um dia, quando ela pegava a bolsa para ir com ele a um lançamento de livro, Alcebíades segurou seu braço bruscamente e disse:

— Deixe eu lhe dizer uma coisa, minha Flor: eu vou, como tenho ido a esses nossos novos programas todos os fins de semana. Mas depois, de livro debaixo do braço, preciso ir a um bar. Ou eu bebo uma cerveja hoje ou dou meu grito de independência!

Maria Flor estacou. Nunca o vira falar daquele jeito com ela, nunca. Os bilhetes que deixava ainda vinham cheios de firulas amorosas e erros de português. Tirou o cabelo da frente do rosto e disse:

— Que assim seja, então.

Depois de esperarem quase uma hora na fila de autógrafos, enfim foram a um bar que já conheciam dos tempos de outrora. Sentaram-se a uma mesa e, enquanto aguardavam a cerveja, observavam as mesmas caras de sempre nas mesas ao redor. Muitas delas repletas de moças que o reconheceram assim que ele pisou no recinto. Conversavam entre si, alvoroçadas. Maria Flor já estava ficando incomodada com aquilo, e antes que fizesse um barraco, anunciou:

— Preciso ir ao banheiro me recompor.

Quando voltou, viu duas fulanas sentadas à mesa, conversando animadamente com seu boy.

— Que palhaçada é essa aqui? Por acaso essa mesa virou praça para pombas?

As moças, que já haviam pagado a conta, saíram do bar às pressas, fugidas de um incêndio. Foi ali, naquele momento, que Maria Flor compreendeu que suas amigas tinham razão.

Acontece que o tesão, melhor dizendo, a falta dele, começava a ser um problema. As amigas no trabalho diziam:

— Abre esse teu olho, Maria Flor, abre esse teu olho! Quando o homem não encontra dentro de casa, já sabe!

Mas era mais forte do que ela. E, no entanto, ela não conseguia terminar tudo com Alcebíades. Estava decidida a mudar o amado e, para que o plano continuasse dando certo, resolveu ela mesma marcar a data do casamento. No dia seguinte, contratou um professor de português, um homem de trinta e poucos anos, casado com uma mulher da mesma idade, que dava aulas em sua própria casa. Aos poucos, começou a perceber que os bilhetes de Rodrigo, agora transformados em cartas apaixonadas, tinham belas concordâncias e vocábulos escritos com esmero. Também via seu noivo sempre carregando um livro. O futuro lhe parecia animador.

Era chegado o dia do casamento. Maria Flor chegou na igreja repleta de sorrisos e aplausos dos amigos. Mas nada de Alcebíades chegar. Os minutos se transformavam em horas e, antes que virassem dias, a amiga Eleonora se aproximou e disse:

— O professor particular dele e a esposa por acaso não foram convidados para a cerimônia também?

Estava dado o recado, o roteiro, tudo. Ela levantou o véu de noiva, chamou o primeiro convidado que viu e disse:

— Toca para a avenida, nós vamos ao endereço tal, número tal.

Ao chegarem, Maria Flor percebeu que a porta da frente estava destrancada. Entrou num silêncio de fazer inveja a uma cobra. Não deu outra: no quarto de casal, a mulher do professor gemia de pernas abertas enquanto Alcebíades a castigava com força. No canto do quarto, o professor de português se masturbava diante da cena, declamando poemas de Vinicius de Moraes.

Casaram-se com algumas horas de atraso e foram felizes para sempre, sem que precisassem de mais nenhuma única carta de amor.

Os companheiros

Casei para durar pra sempre. Foi o que eu disse aos amigos quando anunciei que estava noiva do Paulo Afonso, numa época em que as pessoas já começavam a questionar essa escolha, lá em idos de Woodstock, quando muita gente parecia decidida a viver de forma alternativa, em comunidades, no meio do mato, vivendo do amor e do que a terra desse.

Claro que, para a maioria, isso rapidamente virou ilusão, com os meios de produção em massa e as novas tecnologias abundando por toda parte. Esse mundo novo que se apresentava cooptou a maioria dos meus colegas daquele tempo. Mas eu mesma, não. Continuei morando no mesmo canto, vivendo do mesmo jeito, e com o Paulo lá comigo, o que é até engraçado, porque ele sempre foi um cara absurdamente cabeça-dura e eu achei que em pouco tempo ele ia querer voltar para o meio caótico dos centros urbanos, nossa origem. Mas não, segurou a onda, mesmo quando eu resolvi me meter a estudar e me devotar a Wicca e ele continuou na dele, agnóstico.

Eu ia à cidade para comprar meus incensos, minhas essências e ervas. Ao voltar, preparava tudo, fazia meus cantos, minhas orações e rituais, acendia fogueira no terreno de casa, cumpria os Sabbats, tudo para agradar a deusa-mãe. Paulo nunca se meteu em nada, e também nunca me criticou. E assim íamos cumprindo o meu desejo – e dele também, quero crer – de estarmos juntos e felizes, em acordo com a decisão que tomamos naqueles anos 60 nos quais tudo acontecia.

Decidimos povoar nossa pequena chácara com flores e animais, que nasciam e morriam perto da gente de forma tranquila e natural. Eram vacas, cabritos, cães, gatos e galinhas, todos criados em liberdade. Observando aquele ciclo, via a importância de cuidar de mim mesma, e nunca deixei de ir a médicos. Esse era o único momento em que Paulo fazia chacota, Pra que você vai a médico na cidade? E esses teus guias espirituais, tuas rezas, não te servem de nada? Eu respondia com calma, com a voz doce que sempre foi minha característica, que sim, eles que me diziam para onde eu deveria ir, no que eu deveria me cuidar. E você deveria ir também, acrescentava. Ele ria e ignorava o meu conselho.

No mais, éramos grandes amigos. Desde que casamos e nos distanciamos de todos, nossa vida reclusa causava estranhamento nos que optaram por não seguir nossos caminhos, quando pensávamos em morar todos juntos em comunidade. Tínhamos uma pequena produção de leite e queijo, que vendíamos, e assim íamos tocando a vida.

Na primavera em que Paulo sentiu a primeira fisgada na barriga, eu estava tão contente com a alegria daquela época de tantas flores, que fiz apenas o que ele me pediu, uma massagem com óleo das minhas essências. Ao final ele disse que estava melhor, mas dois dias depois, eu tive que ir cuidar das vacas sozinha porque ele não conseguiu sequer se levantar da cama.

Uma semana depois, começou a aparecer um caroço na barriga dele, que foi crescendo, crescendo, como se de dentro dele fosse surgir um bicho. Eu disse a ele, Vai cuidar disso, homem, vai cuidar disso. Depois isso é algum problema mais sério e aí? Como era do temperamento dele, as estações mudaram, mas meu Paulo Afonso permaneceu incólume.

Dia após dia, Paulo sentado no sofá, vendo tevê através da antena UHF, e eu saindo cedo, no meio do frio, pra ir cuidar do nosso ganha-pão. Cansei de pedir a ele que pegasse a camionete e fosse ao médico ver o que era aquela protuberância esquisita. Ele continuava a ver seus programas. Passei a ignorá-lo completamente. Dormia e acordava com o ódio queimando por dentro. Não dirigia mais a palavra a ele, não me importava mais com nada. Se ele andava comendo ou fazendo suas necessidades, era pelas minhas costas.

Um tempo depois, reparei que nossos bichos, que circulavam soltos pelo nosso terreno, colocavam o focinho na direção da casa e fungavam, repetidas vezes, explorando algo contido naqueles ares que só eles percebiam.

Falei sobre aquilo para o Paulo, que continuou no comportamento de existir sozinho. No dia seguinte, minha tolerância e paciência se esgotaram. Ele não quis ver do que se tratava, pois eu mesma fui. Peguei uma faca afiada, passei álcool e abri o caroço na barriga do meu marido, que pareceu não se importar. Uma gosma amarelada, quente e fedorenta saltou de dentro, junto com centenas e centenas de tapurus, que se debatiam como se fossem peixes fora d'água lutando pela vida. Eu olhava para o Paulo e dizia, Bem feito, quem mandou não se cuidar?, mas a vontade que tinha era de abraçá-lo. Pela posição que ele olhava para a frente, com aqueles olhos vidrados, compreendi que ele não queria ser abraçado. Por isso eu o deixo lá, não mexo com ele.

Todas as noites, com o auxílio de uma colher, coloco os bichinhos que caminham por dentro e por fora do buraco aberto na sua barriga, dentro de um prato. Depois de acender uns incensos e umas lamparinas, vou para o céu estrelado, sob a luz da lua, ofereço à deusa, e como tudo com dedicação. Vim para estes matos justamente para escapar dos olhares e julgamentos dos outros. Sem ninguém para me repreender, continuamos juntos, do nosso jeito. Para sempre, como eu disse a todo mundo que seria.

Nem toda descoberta é tesouro em abundância

Quando meu pai morreu eu devia ter uns três ou quatro anos, por isso lembro muito pouco dele, e desconfio que minhas lembranças são memórias inventadas: ao longo dos anos minha mãe foi me contando sobre ele e eu fiquei achando que tinha aquilo guardado dentro de mim. Pode ser, mas pode ser que eu tenha criado, e ainda crie, uma pré-história para as histórias que me foram contadas e entenda aquilo como a certeza de um momento vivido. São tão poucas as certezas de uma vida. Melhor assim, é um jeito de sofrer menos, que é algo que a gente aprende de duas maneiras: observando a dor dos outros e tentando não percorrer os mesmos caminhos ou sofrendo na pele você mesmo.

Nunca fui de acreditar muito nessas coisas, mas uma vez uma mulher muito bonita, dos olhos pintados a lápis de um azul tão forte que era quase preto, os cílios enormes, me disse que eu sou áries com áries, por isso eu sou todo briga e confusão. Foi assim mesmo que ela disse, Você é todo briga e confusão. Faço as coisas como quero, caio, esfolo o joelho e o peito, levanto, sigo adiante e não me arrependo: muito antes de aprender a andar era assim mesmo que eu agia até adquirir a firmeza sob os pés. Foi desse jeito que descobri que existem coisas que dão certo e coisas que não, só com o futuro que a gente não aprende nada, o ontem e o hoje, tudo é escola.

Mas tem uma pessoa que eu aprendi a respeitar desde muito cedo, e com quem não gosto de discutir nunca – minha mãe. Ainda era jovem quando ela começou a enferrujar, que era como dizia para mim quando eu era criança. Na verdade minha mãe sofre de uma doença sem cura, fibromialgia. A gente sabe disso *hoje*. Antes, tinha outros nomes: artrite, dengue, chikungunya, reumatismo, nervos, depressão – tudo disseram para a minha mãe a cada ida aos postos de saúde – inclusive, por um médico, o que ela sentia também foi chamado de preguiça e vagabundagem. Quando minha mãe chegou em casa chorando eu tomei duas decisões na vida: a primeira era a que um dia ela ia saber o que tinha de verdade, a outra era que quando eu crescesse um pouco mais o tal do médico ouviria as *minhas* verdades.

Esse tempo acabou chegando mais cedo do que eu imaginava.

Conheci o Ronaldo na saída da escola. Avistei de longe um homem me chamando de dentro de um carro estiloso. Tapei o sol com a mão pra cobrir a claridade no meu rosto e poder conferir se era comigo mesmo, me abaixei um pouco e vi que havia uma mulher com ele. Formavam um casal bonito, elegante, combinando com o carro onde estavam. Me aproximei com menos medo do que se o homem estivesse desacompanhado e parei diante da janela do carro. Ele se identificou e ela disse logo depois dele, sorrindo, E eu sou a Kátia. Ronaldo não hesitou e disse que estava ali porque tinha uma proposta de trabalho para me fazer. Eu disse que estudava pela manhã, e no ano seguinte também parte da tarde, e perguntei qual era o trabalho. Entra aqui no carro, a gente vai a uma lanchonete conversar. Eu disse que nem fudendo entraria no carro de duas pessoas que eu nunca havia visto na vida. O homem insistiu, e a mulher tocou em seu braço e disse para mim numa voz suave que muito em breve eu aprenderia a interpretar, Você conhece as redondezas? Tem algum lugar aqui perto onde a gente possa se encontrar? Eu disse que sim, ensinei como chegava lá e quinze minutos depois estávamos sentados à mesma mesa, conversando.

Você pode nunca ter visto a gente, mas nós dois o observávamos há dias. Eu continuei calado. Kátia tomou a palavra, Há uma questão que precisamos resolver e estamos dispostos a pagar. Hum, eu disse. Ela prosseguiu, Meu marido aqui gosta de fazer sexo anal, mas eu não tenho a menor condição de satisfazê-lo. Você já fez sexo, garoto? Algumas vezes, respondi, mas era mentira, a menos que as duas ou três punhetas que eu batia todos os dias contassem. Na minha cabeça, entretanto, o que não faltava eram ideias, posições, frases safadas, gemidos. Kátia continuou explicando que eles já haviam tentado diversas vezes, mas que ela tinha o cuzinho muito apertado. E eu diante daqueles dois fingindo naturalidade com as palavras que saíam da boca daquela mulher. O marido era mais comedido, o que era bastante intrigante, pois ficava parecendo que ela era a empresária dele e que ele estava ali só para dizer se concordava ou não com o contrato, e não o cara que efetivamente iria me comer. A proposta era boa: a cada encontro eles me pagariam, em dinheiro, muito mais grana do que entrava na minha casa todos os meses. A frequência dependeria da minha disponibilidade, mas o ideal era que fosse pelo menos uma vez por semana. Por que eu, por que um homem?, perguntei. O acordo entre a gente é que não seja uma mulher, para que ele não se apaixone. Fiquei me perguntando se essa regra existia no jogo do desejo, mas silenciei. Àquela altura eu ainda não sabia de nada, não entendia nada, então fiquei na minha. O tempo provaria o óbvio: Kátia estava completamente cega para o que dizia respeito às vontades humanas, mas ouvindo-a falar, compreendi que se tratava de um casal rico, e que a mulher se submetia àquilo para não perder o marido nem o que o dinheiro dele podia proporcionar a ela. Ela prosseguiu, Ronaldo queria um garoto novinho, resolvemos observar as escolas perto da nossa casa e quando avistamos você, passamos a observá-lo de longe até nos decidirmos pela abordagem.

No instante em que eu concordei com o que o casal me ofereceu, eu me submetia a ambos, e caminhei rapidamente dos meus dezesseis anos para fora da adolescência.

Nunca fiz tanto trabalho em grupo para o colégio na casa de amigos como nos meses depois que eu conheci Kátia e Ronaldo. Minhas notas continuavam boas, então minha mãe nunca questionou. Além do mais eu tinha uma mesa com gaveta que eu mantinha trancada o tempo todo. Como eu tinha um objetivo para aqueles primeiros dinheiros, não gastava com nada que minha mãe pudesse desconfiar.

No começo, íamos a um motel desses bem bonitos e caros, com piscina, cascata e uma cama imensa, e Kátia sempre participava. Na primeira vez, que foi mais difícil, ela só assistiu, mas com o passar do tempo Ronaldo trepava com nós dois ao mesmo tempo na cama – metia no meu cu, depois na buceta dela enquanto me beijava ou enquanto mantinha pelo menos dois dedos enterrados na minha bunda. Eu quero ver esse pau levantado, ele me disse depois que me comeu pela primeira vez. Aleguei que não estava muito excitado por conta da dor, e era verdade. Trepar com um cara com o pau murcho parece que ele não está curtindo, é brochante. Eu queria dar pra ele direito, mas ele não teve que falar uma segunda vez. Das vezes seguintes em diante meu pau demorava pra baixar mesmo depois de gozar, o que eu fazia com prazer na cara e na boca da Kátia, que se melava toda morrendo de rir, a puta desgraçada.

Outras vezes, ela apenas observava a gente transar, de uma cadeira encostada à parede, ou enfiava um consolo no meu rabo enquanto eu chupava o pau do marido dela e me agarrava aos seus peitos com as duas mãos. Era tudo uma delícia, e eu sabia que ainda tinha uma grana alta me esperando no final.

Com menos de cinco meses nessa brincadeira, recebi uma mensagem do Ronaldo: *Preciso falar com você. A sós.* Eu achava que lá vinha merda pela frente, pensei que eles iam cancelar nossas brincadeiras – e não que ele ia propor uma brincadeira *extra*, somente entre nós dois – afinal, ele tinha um acordo a zelar com a esposa. E se Kátia souber? Se ela descobrir estou fudido. Mas ela não vai. Todos os meses eu viajo para uma filial de nossa empresa e ela nunca vai comigo. Vou pedir à minha secretária para comprar a passagem com um tempo certo para que a gente possa se ver antes, saio do motel direto para o aeroporto e te mando de táxi pra casa, ela nunca vai desconfiar.

Se desconfiou, preferiu manter-se na dela, porque nunca disse nada. Na semana, todas as semanas, nos encontrávamos uma vez, e a cada dez dias eu me encontrava com Ronaldo, sozinho. Com ele não havia muitos fetiches e malabarismos, meu trabalho era dar o cu. Ele era um ursão lindo, adoro ursos, e ele percebia isso. Aos poucos, fomos ficando amigos. Nos tornamos confidentes. Eu falava das minhas dificuldades em ter crescido sem pai e com uma mãe que só queria saber de farra e só parava em casa quando a doença que tinha se tornava aguda, quando então ela passava uma semana em casa quietinha e eu assumia o lugar de cuidador da minha mãe, posição que eu acatava engolindo o amargo do ódio. Ele me falava dos altos custos da vida de empresário, de ser casado com uma mulher difícil e de sempre ter desejado homens mas, vindo da família tradicional e conservadora de onde vinha, admitir para si mesmo esse desejo significaria perder todas as benesses que seu nome e sua marca traziam. Ainda bem que o mundo mudou para jovens como você, ele me disse, fazendo um carinho nos meus cabelos. Havia uma cumplicidade entre nós dois que não existia no sexo quando a esposa dele participava e nem em momento algum em que ela estava por perto, o que tolerávamos em nome dos encontros secretos que desejávamos manter.

    Pouco tempo depois eles anunciaram que passariam vinte e poucos dias pela África, em férias, e que por esse motivo daríamos um tempo. Mas àquela altura eu já estava acostumado com o fluxo de dinheiro que entrava toda semana, e não queria passar esse período sem receber nada. No dia seguinte ao da viagem deles, fui para um lugar no calçadão da praia onde eu sabia que prostitutas e michês faziam ponto, espalhados pela orla. Sentei diante de uma pista de skate, onde moradores das favelas dos morros nos arredores se divertiam. Eu não queria ir para um lugar disputado, soube há muito que são territórios demarcados e não queria me envolver em brigas, e com o fetiche que a riqueza tem em ver a pobreza de perto, eu intuía que em algum momento os turistas começariam a se assomar por ali para ver a juventude se arriscar em coisas que eles mesmos jamais ousariam.

Não demorou até que um homem de uns trinta e alguns anos sentasse ao meu lado e perguntasse meu nome. É Jorge, eu disse sem pensar. Poderia ter inventado um nome qualquer, não faria diferença, mas estava distraído, que é tudo que o acaso quer pra acabar com a gente. Mas me dei conta na mesma hora e a partir dali fiquei atento. Você está sozinho aqui?, ele quis se certificar. E desacompanhado, joguei para ele. Foi a senha que ele pediu para pegar. A gente pode resolver isso bem depressa. Eu disse o meu preço, ele disse que topava, se levantando, eu apenas o segui e o vi esticar o braço apertando um botão, que retirou o alarme do seu carro, estacionado a poucos metros dali, em dois sons curtos. Entrei como se fosse prática comum – e era, embora não naquele lugar – e fomos a um flat onde Ricardo estava hospedado. Lá, nos devoramos assim que a porta foi fechada atrás da gente. Ele tirou a minha roupa com urgência, me beijava e me agarrava com força. Eu devolvia cada movimento com gemidos que o deixavam alucinado. Estávamos de tal forma entregues um ao outro que parecíamos ter uma intimidade de outros tempos. A gente trepava e dormia, acordava e trepava de novo, saímos pra comer algo, depois dormimos mais um pouco e acordávamos já um dentro do outro. Nem com Ronaldo, com quem de fato eu tinha intimidade, as coisas aconteciam com tanta avidez. Todo o meu corpo cogitava a possibilidade de ceder aos sentimentos, e eu vislumbrei por instantes a cegueira da paixão, tantas vezes refutada na minha fúria diante de conquistas financeiras e sobretudo na minha percepção cínica dos eflúvios advindos das possibilidades afetivas. Caí de onde estava quando Ricardo jogou a verdade para mim enquanto eu repousava minha cabeça em seu peito depois de mais uma sessão do que eu, sem admitir, gostaria de ter um dia chamado de amor: Você não gostaria de participar de um grupo de homens casados?, lançou o convite. Eu ergui o olhar para onde vinha a fala, e esperei que ele me explicasse. Contou-me que não era bem assim. *Ele* era casado, mas o grupo tinha homens com namoradas e noivas também. No meio de sua fala, Ricardo me disse que estava em Fortaleza para fechar o contrato de um apartamento perto da praia que ele agora precisaria mobiliar e onde viria morar com a esposa, que ficara em Curitiba cuidando dos negócios do casal enquanto ele resolvia os trâmites necessários para a mudança. Eu ouvia tudo paralisado, consciente de que não poderia esboçar nenhuma reação de ódio, ciúme, rancor – nosso encontro se dera de forma fortuita e deveria ser unicamente uma questão de prestação de serviço, eu que havia momentaneamente embarcado em um delírio, num sonho que era apenas meu. Se nada me havia sido prometido não havia nada a exigir, ainda mais de um cara casado, que não sabia da afeição que por dentro de alguma forma eu já ensaiava desenvolver. O autocontrole continuava a ser a minha mais importante ferramenta. Foi através dele, ao longo do tempo, que eu compreendi a necessidade de distanciamento, um exercício que me era cada vez mais difícil e me custava noites insones e crises de ansiedade. Até que pude finalmente compreender que somente através da indiferença emocional eu atingiria a plena liberdade dentro da vida que optei por abraçar no dia em que aceitei o convite de Ronaldo e Kátia. Quando atingi essa compreensão, tudo mudou. Por dentro, eu oxidava. Era o preço a pagar pelas coisas que eu queria ter ou proporcionar para os que viviam no meu entorno e que, como eu, nunca tiveram nada.

Soube que o grupo era totalmente localizado em Fortaleza – motivo pelo qual Ricardo fizera a escolha pela cidade – e que fazia suas reuniões para discutir como se dariam os passos seguintes através do Telegram. Tudo era resolvido pelo aplicativo do celular. No começo, eram dez homens comprometidos, todos empresários, profissionais bem-sucedidos. Pelas conversas, eles decidiam onde se encontrariam, geralmente um deles já ia levando o cara que prestaria serviços sexuais aos dez. Nas reuniões por Telegram, eles combinavam estratégias para que pudessem se encontrar de modo a que suas esposas, namoradas ou noivas não desconfiassem. Chegavam a, por exemplo, incentivar que elas viajassem sem eles para lugares onde poderiam fazer compras ou fechar negócios, ou sugeriam que elas fossem na frente, porque eles tinham contratos a finalizar. Enquanto isso, organizavam as surubas em sítios particulares ou resorts que alugavam apenas para o evento. O convite de Ricardo era para que eu entrasse no grupo e fosse a putinha da turma.

Negociamos valores, achei que o que me ofereceram cobria com folga os meus custos – preparativos antes do encontro, sempre bem-vestido e usando bons perfumes, o perigo de ir a um lugar desconhecido, o que eu gastava com lubrificantes e preservativos. Repare bem: sempre custos físicos, os emocionais eu colocava na conta do diabo, a quem um dia eu iria revelar meus preços em uma tabela que, naquele momento, eu escondia de mim mesmo.

Sem dar maiores explicações, disseram que para eu ser aceito no grupo teria de ser batizado. Você vai saber quando chegar lá, fui avisado. *Lá* era um sítio que ficava numa cidade a 30 km de Fortaleza, para onde eu fui levado alguns dias depois numa van guiada por um deles. Fui apresentado a todos. Decidiu-se que se era para eu ser uma puta, o nome Jorge não me caberia mais; passaram então a escolher um nome para mim, como se eu não estivesse ali. Georgia, Paulette, Andressa – todos refutados por motivos diferentes: um era muito parecido com o meu "nome de homem", o outro parecia nome de travesti pobre e o último, um dos caras berrou ao meu lado, no fundo da van, Tá louco? É o mesmo nome da minha mulher, se for pra eu imaginar que tô metendo nela eu fico em casa mesmo. Levantei a mão e disse, Carmem, já vestindo o personagem. Fizeram a votação, unânime. Vocês não estão achando essa van muito apertada não? Onze pessoas é gente demais, ouvi o marido da Andressa dizer. Também estou achando, alguém respondeu. A saída pra isso é colocar a Carmem no nosso colo, daí desafoga um pouco. Um deles me pegou como se eu fosse um boneco de pano e me colocou entre suas pernas. Senti o volume rijo apertado contra mim enquanto ele me beijava e me abraçava pelas costas. Depois outro deles reivindicou a vez. Mais alguns minutos se passaram até que o motorista disse, Agora alguém assume a direção que eu também quero brincar.

A viagem demorou quase uma hora a mais do que deveria.

Meu batismo consistia em receber a porra de todos eles bem dentro do meu cu, muitas vezes enquanto havia outro esporrando leite quente dentro da minha boca. Foi isso que soube assim que chegamos lá. Sequer passou pela minha cabeça refutar a ideia – o que poderia eu contra dez brutamontes?

Na volta, depois de um dia em que fui devorado como em nenhum outro, me puseram dentro de um táxi, que me levou para casa. Guardei o dinheiro na gaveta assim que cheguei e dormi por quase doze horas seguidas. Ao acordar, senti dificuldade para urinar e muitas dores pelo corpo, que julguei serem reflexo das intensas horas de sexo. À noite, com a continuação das dores, resolvi pegar uma grana da gaveta e procurar um médico, que me atendeu na manhã seguinte. Um exame rápido concluiu o que eu tinha. Foi a primeira vez que eu peguei gonorreia na vida, e o medo de outras doenças me aterrorizava. O médico que me atendeu disse, numa fala monótona e um olhar sem julgamento – talvez esteja aí parte da diferença entre o atendimento pago e o público – que eu deveria fazer exames complementares, Mas não agora, dê-se pelo menos um mês, por conta da janela que mascara vírus com os quais você pode ter sido contaminado.

Se antes eu pensava conhecer a angústia era porque ainda não havia passado por aqueles 40 dias até receber o resultado dos exames: fora a gonorreia, tratada rapidamente com comprimidos assim que saí do consultório, eu era um homem saudável. Ainda não sabia que, futuramente, precisaria de outros recursos para conseguir dormir e outros para me manter acordado.

De casa, enviei uma mensagem por WhatsApp para Ronaldo e Kátia, dizendo que estava de volta da viagem – foi com essa desculpa que pude escapar deles até que eu me sentisse bem o suficiente para voltarmos à nossa programação semanal. Na semana anterior eu havia propositalmente perdido o dia da matrícula na escola. Larguei aquela merda de ensino público porque eu não ia precisar dele para a minha vida: havia acabado de fazer dezoito anos, era jovem e bonito, e calculava que poderia fazer do meu corpo um meio de vida por pelo menos mais doze anos. Nesse ínterim, um mês de férias por ano, uma reciclagem para viver outras experiências e adquirir as manhas do mundo, continuar a trabalhar na volta e pronto – estava tudo certo para eu me aposentar mais cedo que jogador de futebol.

Os encontros com Ronaldo e Kátia permaneceram, mas como eu havia diversificado meu portfólio, a empolgação inicial já não existia, exceto quando, nos momentos a sós, Ronaldo colocava em prática a novidade que trouxera consigo da África, Agora eu também quero que você meta em mim, havia dito. Eu não estava pronto para ouvir aquilo, mas meu pau mostrou que estava pronto pra ele na hora. A partir dali, nossos momentos juntos passaram a ganhar novo fôlego, e a intimidade que tínhamos, abalada pelos trinta dias sem vê-lo nos quais passei por experiências espantosamente intensas, foi instantaneamente recuperada.

Agora com bem mais tempo livre, fui ampliando meu campo de atuação. Os encontros com Ronaldo, ou Ronaldo e Kátia, tinham uma frequência semanal certa; os com o grupo do Ricardo dependiam daquilo que eles conseguissem organizar para se verem livres de suas namoradas, noivas e esposas, e por causa disso tinham uma frequência menor – a cada vinte dias, em média.

Por isso, assim que completei 18 anos comecei a frequentar saunas no centro da cidade. A que eu ia com mais frequência, a Dragon Health Club, ficava numa rua meio esquisita, e o próprio ambiente, embora bastante amplo, com bar e restaurante, piscina, mais de um tipo de sauna, cabines e suítes climatizadas, serviço de massagem terapêutica e dark room, já tinha visto décadas melhores. Ainda assim, era bem frequentada. Grande parte dos clientes era composta por velhotes casados ou divorciados, comissários de bordo e outros profissionais de passagem pela cidade. Eu me dava bem com todos e, com o tempo, fiquei amigo do Joel, o gerente do local e aparentemente o único hetero por ali. Por que deram a um hetero a função de gerente numa sauna gay?, perguntei certo dia enquanto tomava um drink sentado junto ao balcão do bar, num dia menos movimentado em que eu estava só a fim de ficar sentado e beber alguma coisa. Porque é a garantia que os donos têm de que eu não vou misturar trabalho e prazer, ele disse. Quer dizer que você nunca fez nada aqui, nunca sentiu nem uma vontadezinha? Se eu disser que nunca tive curiosidade vou estar mentindo. Mas a ética e os votos que eu fiz ao me casar me mantêm na linha. Ora ora, um homem fiel! Sempre ouvi dizer que o homem fiel nasceu morto, mas pelo visto ele está vivo, e bem na minha frente, eu disse, e ele sentiu o sarcasmo. Garoto, eu tenho mais de duas vezes a sua idade. Quando você chegar aqui vai compreender que o que nos faz agir pelo aparente óbvio é só a primeira luz que chega aos olhos dos outros. Todos os caminhos têm armadilhas, e se você me vê nesse lugar não significa dizer que eu escapei de todas elas, mas significa que eu *sobrevivi* à maioria delas, e quando se é sobrevivente aprendemos a agir através daquilo que vai continuar a nos manter vivos – seja porque é o que devemos ou o que precisamos fazer. Logo mais você vai se dar conta de que não existem atalhos. Os dias são o que são, inescapáveis, mas o tempo se esgota para cada um. Não se tem notícia de alguém que tenha saído disso aqui vivo, meu rapaz, e o infinito que você hoje enxerga aberto bem diante de si porque a juventude só permite ao seu olhar o mesmo alcance de voos de galinha, se acaba bem mais depressa do que essa bebida que você tem na mão – que aliás, hoje, fica por minha conta.

Ouvir o discurso de Joel mexeu comigo. Eu achava que tinha entendido mais ou menos o que ele queria dizer – certeza, certeza mesmo, só quando eu chegasse no tempo em que ele estava, quando então tanto ele quanto eu já seríamos outros. Guardei aquilo comigo sem saber onde e continuei dando expediente na sauna. Mas a partir dali muito dentro de mim se modificou para sempre. A realidade pareceu pesada e agressiva demais. Havia em mim a sensação de que eu me transformava num michê com fortes valores morais, o equivalente ao homem fiel que eu julgava não existir e que condenara em Joel. Só topo essa maneira de ganhar a vida porque é mais rentável do que se fosse com mulher, onde o mercado é mais competitivo. Mesmo assim, enveredei pelo caminho da tarja preta: fluoxetina e diazepam me fizeram conseguir recuperar o sono que eu começara a perder há tempos. Era preciso aparentar estar bem para poder lucrar.

E eu juntava muito dinheiro. Tanto, que não cabia mais na minha única gaveta com chave. Por isso resolvi abrir o jogo com minha mãe ao mesmo tempo em que lhe dava sua alforria. Cheia de dores pelo corpo e trabalhando porque até então não tinha outra opção, ela ficou surpresa quando eu disse que podia sair do trabalho; agora era eu quem iria sustentar aquela casa. Como você vai fazer isso, Jorge?, a incredulidade no tom da sua voz era óbvia. Eu sabia que vinha mais, por isso fiquei calado esperando ela terminar: Até parece. Quem vai dar emprego a um moleque que abandonou os estudos e não tem nem o 2º grau completo?, perguntou, num riso de escárnio. Ela me chamar de moleque era uma injustiça, porque parte do meu tempo gasto em academias também tinha me tornado fisicamente um homem. Eu era agora um moreno alto e corpulento, em nada parecia com o adjetivo que ela me dava. Vá rindo, vá rindo, eu disse, e dei as costas. Na semana seguinte eu cheguei em casa, fui ao quarto dela e joguei um bolo de dinheiro pro alto. As cédulas se espalharam pelo ar e caíram por cima da cama onde ela estava deitada assistindo novela. Taí, pode catar do chão, é teu. Toda semana vai ter mais, isso aí é só o começo. Agora diga se eu estava mentindo, diga. Deixei minha mãe no quarto de boca aberta e fechei a porta. Não houve grito, não houve pedido de explicação. E como eu cumpri a promessa na semana seguinte fazendo dinheiro chover dentro de casa, ela largou o emprego e passou a viver do que eu ganhava dando e comendo os caras. Minha mãe nunca me fez perguntas. Ela não era tola, sabia muito bem de onde vinha aquele dinheiro e soube fazer uso dele. Começou por contratar uma mulher para fazer aquilo que meu dinheiro a permitiu abandonar: nunca mais esfregou um pano na vida, lavou um banheiro ou uma xícara. E uma vez por semana vinha em casa uma profissional massagear suas dores do corpo. Suas mãos amenizam essa maldição que existe sobre mim, cansei de ouvi-la dizer à mulher, com quem tempos depois eu a vi sair para restaurantes e clubes caros. Eu também nunca fiz perguntas.

Ver minha mãe bem teve um efeito positivo sobre mim. Passei a dormir melhor e diminuí a quantidade de comprimidos que tomava por dia. Isso me deu força para cumprir uma promessa antiga que eu fizera a mim mesmo.

Resolvi me ausentar de todos os meus compromissos, fosse com Ronaldo e Kátia, Ricardo e sua confraria ou a sauna para onde ia todas as semanas fazer uma espécie de hora extra, e me dei férias. Passei a observar o Dr. Kerginaldo, que com um nome desses só podia ser filho de gente pobre que conseguira alguma coisa na vida e ao invés de ter a grandeza de se reconhecer humilde caminhara para o lado oposto: tornou-se o tipo de gente escrota mais desnecessária ao mundo. Tive essa confirmação quando, durante os dias em que passei a acompanhar sua rotina, descobri que ele saía do posto de saúde da prefeitura onde atendia três vezes por semana para atender em seu consultório particular no horário do expediente do seu emprego público. Depois voltava, batia o ponto de final de expediente no posto de saúde e retornava ao seu consultório particular, cheio de madames que pagavam para sua secretária com cartões de débito, crédito, ou aproximando o celular dessas maquinetas cada dia mais modernas. Era sempre o último a sair da clínica, onde atendia até bem perto das nove e meia da noite. Eu já tinha um plano.

Kerginaldo fechou a clínica com a chave que trazia consigo, acionou o alarme e se dirigiu ao seu carro. Era um homem esbelto, mas de um andar atarracado, como se carregasse constantemente um peso às costas. Abriu a porta do carro, sentou-se diante do volante, colocou sua maleta no chão à frente do banco do carona e, antes de ligar o carro, ouviu uma voz feminina dizer Pare agora mesmo o que você está fazendo e não se mexa. A voz era minha, e quando eu terminei a frase pude sentir o medo através dos sons do seu corpo. Eu também não estava alheio a esse mesmo sentimento, mas quando ele tentou olhar pelo retrovisor para a voz que vinha do banco de trás, eu disse, Se tentar olhar mais uma vez eu estouro a sua cabeça. Imediatamente Kerginaldo baixou o olhar, ofegando. Talvez tivesse vislumbrado a mulher que estava dentro do seu carro com uma arma apontada para as suas costas, mas não importava. Àquela hora, naquela escuridão, ele não teria visto muita coisa. Ainda que tivesse: dali a pouco tempo ele estaria morto, o que ele tivesse visto não faria diferença. Com a minha voz mais feminina, dei ordem para que ele dirigisse até um local determinado por mim, e que ele fosse pelo caminho que eu exigia. Queria evitar ruas de maior movimento, caso ele quisesse dar uma de espertinho. Mesmo assim, avisei, Se você tentar qualquer coisa não só eu acabo com você na hora, como meu parceiro vai até o seu endereço exterminar tua mulher e filha. Eu não tinha parceiro nenhum, mas tinha visto no banco do carro, com o auxílio da luz do celular, uns desenhos feitos por uma criança assim que entrei e, como estava perto do dia das mães, tinha um de uma menina com a mãe, e uma seta ligando cada figura a um nome. Em um dos dias que eu passei observando seus movimentos, ouvi-o falar com uma mulher ao telefone, que batia com o nome do desenho, por isso resolvi blefar sem medo. Por favor não faça nada com, Calado! Você não tem o direito de me pedir nada, ainda mais esses clichês terríveis, eu disse, empurrando o cano da arma com força no banco às suas costas. Ele gemeu. Deve ter pensando em me pedir para não atirar e mudado de ideia por temer que se fizesse tal pedido era bem provável que eu puxasse o gatilho. O doutorzinho já devia estar morrendo de arrependimento de ter colocado um fumê total no carro. Eu sentia que dominava o espaço, e o nervosismo foi passando. Siga o que eu lhe digo e quando chegarmos aonde eu quero lhe levar nós vamos ter uma conversinha. Bati a arma contra minha outra mão para ele não perder a noção de quem dava as ordens ali.

    Eu havia comprado a arma na semana anterior. Fui a uma tradicional feira à céu aberto em Fortaleza conhecida por vender de tudo, de gatos, cachorros e galinhas até drogas, celulares, armas e carros roubados. Nunca entendi por que a polícia, a prefeitura ou quem quer que fosse jamais tivesse acabado com aquele antro onde tudo era feito sem muito disfarce, mas naquele momento só conseguia pensar Ainda bem que não. Eu havia decidido ir de ônibus para não deixar rastro de testemunha específica, o que teria acontecido se eu tivesse ido de Uber ou táxi. Encontrei rapidamente o que eu queria com um homem que vendia artigos de ferro. Perguntei se ele conhecia alguém vendendo um revólver. Que tipo? Um bom pra matar. Ele sorriu e disse, Vem comigo. Eu o segui entre barracas de vendedores e plásticos com produtos espalhados pelo chão. Chegamos perto de uma barraca onde havia uma mulher vendendo coxinha e pastel. Você vai dizer a ela que quer comprar acarajé, e antes que eu pudesse perguntar mais alguma coisa ele já estava metido entre as barracas e centenas de transeuntes que se esbarravam e se esfalfavam ao sol, numa fricção de corpos que dizia muito sobre as intenções daqueles que caminhavam num esgueirar-se ofídico entre corredores e pares de braços.

Voltei meu olhar para a mulher e disse a frase. Ela serviu calmamente uma coxinha a um cliente, como se eu não estivesse ali. Assim que o homem foi embora ela pegou uma lona de um amarelo bem opaco e colocou por cima da pequena barraca, cobrindo-a totalmente, pegou meu braço e me trazendo para junto dela mostrou o produto e disse o preço. É boa pra matar ou só pra dar um susto? Com essa daqui você derruba até um touro. Eu disse que ia querer. Sabe usar?, ela quis saber. Aprendo fácil. Ela pegou uma sacola preta, enfiou a arma e a munição dentro e me entregou um cartão. Aqui tem o endereço de um site que você pode acessar junto com a senha que também tá aí e ver como é que faz pra atirar, pra fazer a limpeza, tá tudo lá. Eu agradeci como se vivesse isso todos os dias, paguei e fui embora.

Em casa, acessei o site do meu celular e vi os vídeos. No mesmo lugar também tinha vídeo ensinando a arrombar carros sem precisar estourar as janelas, mas esse vídeo era pago. Nos dias seguintes, enquanto eu acompanhava o dia a dia do doutor, compreendi que como a clínica era recuada na rua já não bem iluminada, e percebendo que ele atendia lá até tarde e sempre saía sozinho e com o carro fumê, eu estava diante daquela que seria minha melhor estratégia. Voltei ao site, paguei a porra do acesso e vi o passo a passo. Na prática, foi mais fácil do que eu pensava. Mesmo assim, me precavi: já fazia algum tempo que eu andava me vestindo de mulher para satisfazer a demanda dos clientes por esse fetiche. Foi em casa assistindo America's Next Top Model, RuPaul's Drag Race e tutoriais de maquiagem que aprendi a usar vestidos, caminhar usando salto e tornar o meu rosto mais feminino com produtos que praticamente faziam uma cirurgia plástica no meu rosto – pelo menos até o banho. Aprendi também que era preciso modular a voz que, claro, jamais seria de mulher – mas o fetiche era exatamente esse, ser um simulacro. Se fosse pra ser igual eu iria atrás de uma mulher de verdade, me diziam. E eu, que desde cedo contemplava a possibilidade de ser vários, não me furtei ante a chance de explorar mais essa faceta da minha personalidade e do meu corpo.

Quando mandei que ele parasse o carro ficou claro que já sabia o que lhe aconteceria, porque ele começou a chorar. Calma, bebê, pensei em dizer, já já tudo isso vai acabar. E, nesse instante, com a arma bem ao meu lado, passei um saco de pano com uma corda por dentro da borda sobre sua cabeça e dei um nó. Ele se debateu, dizendo que morreria sufocado. Não vai haver tempo para isso, eu também pensei em dizer, mas não disse. O que eu disse foi, Fique paradinho e me ouça. Ele parou. Era o sinal de alguma esperança. Eu sorri por dentro, sabendo que não havia nenhuma, e disse, Há alguns anos minha mãe foi se consultar com você no posto de saúde. Ela tem uma doença que por vezes faz da vida um incômodo. Mas naquele tempo ela não sabia disso e saiu de lá sendo chamada por você de preguiçosa e vagabunda, que aquelas dores eram frescura. E se tem uma coisa que minha mãe não é, doutor, é vagabunda. Minha mãe limpava casa, cozinhava, lavava roupa, tudo isso pra receber uma miséria. Mas é claro que você não se lembra dela, porque com certeza disse isso para tantas outras mulheres que todas se tornaram uma mulher só. Sem rosto. Sem voz. E eu, que sou filho dela, vim aqui travestido de mulher para que você saiba. Retirei o saco. Ele tentava recuperar a respiração, arfando. Embora eu seja homem, doutor, eu tô aqui representando minha mãe, mas não só. Peguei a arma, engatilhei e quando ele ia começar de novo o chororô pedindo pra não morrer eu dei um tiro na sua boca. O buraco no meio dos dentes dele deram-lhe um aspecto engraçado. Mas eu não queria rir. Se eu risse, nos tornaríamos iguais. Então eu lhe dei mais dois tiros na cabeça, o clarão se abrindo no escuro do veículo por um breve instante, como relâmpagos. Saí do carro, fui para o outro lado, retirei o corpo e o coloquei no chão. É péssimo andar nesse lugar cheio de pedregulhos com esse salto, eu disse para mim mesmo enquanto me descalçava. De meias, voltei para onde o corpo estava e enfiei o salto na cabeça do doutor Kerginaldo tantas vezes que quando eu finalmente cansei, percebi que sobre o pescoço só havia uma massa amorfa de cabelos, pele, ossos e dentes. Dentro de mim, um ódio agora em repouso. Deixei o corpo onde estava e saí dali no carro dele. Passei quase uma hora para me limpar dos restos de sangue e outros fluidos e colocar uma outra roupa para voltar a ser o Jorge – ainda que um Jorge sem dignidade alguma. Foda-se a dignidade, eu tinha que ser rápido. Precisava terminar antes que o dia amanhecesse e estar em algum lugar civilizado para chamar um táxi. Foi o que fiz, satisfeito. Jamais olho para trás.

De uma surpresa saltei para outra. Eu iria estar com Ronaldo no dia seguinte, num dos nossos encontros a sós. Mal sabia eu que seria a última vez que o veria como amante de homem casado.

Cheguei no quarto de hotel num resort do Beach Park poucos minutos depois dele. Nos últimos tempos ele pedia para eu atrasar para dar tempo dele ficar me esperando na cama. No começo eu não entendi muito bem, depois me dei conta de que na verdade o que ele queria era me ver chegar e me observar. Ver o quanto eu mudara daquele garoto para o homem que havia me tornado. Já sou quase um casamento paralelo, eu disse ao reparar em seus olhos para mim. Ele sorriu, pegou o copo de uísque na mesa lateral, deu um gole e disse, Você é muito melhor que um casamento. Eu sei, respondi, não sou obrigação. Ronaldo estacou durante dois segundos. Mas não pense que o tempo juntos torna estar aqui mais fácil. A única coisa que facilitou é que agora temos um lugar só para nós bem diante do mar. Aquele diálogo não iria a lugar algum, por isso comecei a fazer o que sabia executar bem.

Fizemos amor como sempre: eu era profissional, nunca esquecer. Mas era também o homem sensível que ouvia suas agruras. Meu erro foi achar que ele também poderia ouvir as minhas. Quer dizer, ele podia, mas com limites, e isso eu tinha dificuldade em saber encontrar. Na ansiedade de mostrar a intimidade e cumplicidade que eu achava que tínhamos, enquanto estávamos deitados lado a lado relembrei-o do médico que havia esfacelado a autoestima da minha mãe, e o que acontecera a ela – e por consequência, a mim – nos meses que se seguiram. Contei então da promessa que havia feito, e de como a havia cumprido poucas horas antes. Ronaldo se recostou na parede junto à cama, Você matou um homem? Eu matei um monstro, respondi. Ele ficou calado, mas eu podia enxergar o pavor em seus olhos. Era como se ao seu redor todo o ambiente tivesse mudado e Ronaldo se encontrasse no meio de um local inóspito acorrentado com o homem que jurara matá-lo. Eu me aproximei para abraçá-lo, e senti que ele cogitou se afastar mas deixou-se envolver por medo. Já não sabia se podia confiar em mim. Ronaldo, eu jamais faria qualquer mal a você, assegurei. Ele permaneceu calado. Eu me vesti, bebi um copo com água e fui embora dizendo Depois a gente conversa.

Essa conversa nunca existiu.

Esperei que Ronaldo ou Kátia entrassem em contato a respeito do nosso encontro semanal, o que não aconteceu. Mandei mensagens que não foram respondidas. Entendi que ele estivesse com algum receio e perguntei se ele queria que nos encontrássemos sozinhos para uma conversa. Ao invés de responder à pergunta mandou um áudio no WhatsApp dizendo Acho que fiz besteira. Eu perguntei o que houve, mas ele não respondeu. Alguns dias depois recebi uma ligação dele dizendo que não iríamos mais nos encontrar, e que eu não fizesse perguntas. Kátia, sempre a agente do próprio marido, quis saber onde conseguir um garoto mais ou menos da minha idade para me suceder, já que agora eles tinham medo. Não foi o que disseram, mas foi o que deixaram claro. Eu indiquei a sauna Dragon Health Club, para onde costumava ir em outros tempos, e desliguei. Pensei que a partir dali eles seriam assunto encerrado na minha vida. E, por algum tempo, foram.

Vi na televisão que o corpo do dr. Kerginaldo havia sido descoberto, mas a identidade ainda estava sendo investigada. Não falaram nada sobre o carro, que pelo visto havia sido roubado e depenado sem nunca ter visto um BO numa delegacia. Eu sabia, no entanto, que descobrir a identidade do médico seria uma questão de poucos dias. Com o fim dos encontros com o casal e a possibilidade da polícia bater no meu endereço, era preciso fazer uma mudança brusca nos planos. Eu tinha muita grana guardada, além de dinheiro investido em imóveis que eu alugava exceto por um deles, onde eu havia escolhido para morar uns dois anos atrás. Uma parte da grana dos aluguéis eu dava para a minha mãe todos os meses religiosamente. Agora vai ser assim. Todos os meses eu lhe dou esse valor fechado, que é mais do que eu lhe dava antes, disse a ela, que concordou sem dizer nada. Eu precisava começar a organizar minha vida para colocar em prática os meus planos de viajar mais, fazer alguns cursos fora, me dar oportunidades para além daquelas com as quais eu lidava todos os dias. Com a morte do médico, porém, era preciso ter outras opções na agulha.

Acordei com alguém tocando a campainha de forma insistente. Disse pra mim mesmo, Polícia. E pensei que por um lado era bom que eu não morava mais com a minha mãe, em como seria humilhante pra ela ver o único filho sair da sua casa algemado. Já vou!, gritei de onde estava. Quando abri a porta que dava para o portão da rua vi um homem vestido de terno e gravata perguntando se era ali que morava o – e deu uma olhada num papel, antes de dizer meu nome completo. Eu confirmei. O que o senhor quer? Ele se identificou e disse que era um advogado representando o espólio do senhor Leandro Bandeira de Assunção. Esse nome lhe diz alguma coisa? Diz sim, por quê? O dono desse espólio havia deixado uma herança em meu nome.

Leandro Bandeira de Assunção era o nome do meu pai, que eu havia perdido ali pelos três ou quatro anos e que só parecera um pouco menos morto por conta das histórias contadas por minha mãe.

Não fosse pela boca dela eu não saberia de nada. E, pela história que o advogado me contou, eu nunca soubera de nada porque tudo que me fora dito sobre ele era mentira.

De acordo com a minha mãe, meu pai viveu conosco por pouco mais de três anos após o meu nascimento e havia morrido de uma doença que o matou no hospital depois de uma breve enfermidade. De acordo com o advogado, nada daquilo era verdade.

Segundo ele, meus pais se separaram e meu pai nunca mais se casou. Dono de um mercadinho de bairro que se expandiu, assim ele fez fortuna e, perto do fim da vida quis deixar um testamento legando tudo para mim, seu único filho, que deveria receber todo o seu dinheiro quando completasse a idade de 24 anos. Não haveria impedimentos: ele não tinha pais vivos, nem irmãos. Resumindo, eu não ia ter de brigar com ninguém na justiça e era herdeiro universal. Eu não conseguia acreditar no que acabava de cair no meu colo. Sabe aquela história de se aposentar antes mesmo da idade média de um jogador de futebol? Pela soma que me foi apresentada, eu ia me aposentar era com a idade de um que ainda estivesse atuando.

Naquele instante eu não pensava em nada. Nem em Kerginaldo, nem em fugir para o Uruguai, que era uma das possibilidades que eu havia cogitado, nem na possibilidade de ser preso. Eu só queria ir até a minha mãe. Coloquei o advogado no carro e fomos até a casa dela.

Meus pais se conheceram durante as reuniões de um grupo que se encontrava para praticar inversão sexual. Eram pessoas que marcavam encontros através de anúncios disfarçados nos classificados de jornal. Iam todos para o mesmo lugar, onde além das brincadeiras sexuais envolvendo mulheres vestindo cintas com pênis de borracha acoplados para penetrar os homens, geralmente submissos, faziam trocas de casais entre si. Minha mãe confirmou a história deixada com o advogado, mas disse que a única mentira contada foi a morte do meu pai. Eu me perguntei, em voz alta, qual a necessidade de mentir para mim ao longo daqueles anos todos. Você não precisava saber da verdade, minha mãe respondeu. Então o que eu precisava era viver uma verdade inventada? Silêncio, que foi quebrado pelo advogado: Ainda no relato deixado pelo senhor Leandro Bandeira, ele e sua mãe tornaram-se um casal frequente, até que deixaram o grupo para continuar a prática em motéis da cidade. Durante os encontros, sempre clandestinos, confessaram-se um ao outro que na verdade ele começara a prática porque era homossexual e a senhora Olinda Cavalcante Nogueira, sua mãe, também, diferente da maioria das pessoas que praticam o ato de inversão sexual, cujas pesquisas indicam que elas se veem como heterossexuais, não se enredando para os leitos com pessoas do mesmo sexo, mas sim com diferentes parceiros sexuais do sexo oposto.

O homem fez uma pausa e olhou para nós. Era um olhar de verificação, para saber se estávamos acompanhando a narrativa. Eu estava zonzo: de repente havia me tornado rico, prestes a ser procurado pela polícia por ter assassinado um homem, ganhara um pai quando ele já estava morto, e não sabia mais diferenciar o que era verdade do que não era do que vivi até ali. Concluí que a única parte de minha biografia fiel a mim era o sexo. O maldito sexo pago que me fizera mudar de vida naqueles oito anos. Por mais raiva que eu tivesse de uma vida que me fizera chegar até ali hidratado pelo cinismo que eu me vira obrigado a beber ano atrás de ano, era precisamente aquela verdade o que eu sabia com certeza de mim mesmo. Sentir dentro de mim a sordidez de que eu era feito, por mais que me desequilibrasse não poderia me fazer cair. Era preciso encarar. O ódio que eu sentia da minha mãe naquele momento por tudo que pertencia a mim e que ela me negara, contudo, não era suficiente para que eu agisse como no fundo gostaria: retirando dela tudo o que eu dei e fazendo-lhe morrer de inanição até que seu instinto de sobrevivência, se existisse, a faria retornar ao que ela um dia fora. Minha vontade era vê-la de quatro, esfregando chão, como sempre fizera. Mas eu não tinha coragem. Por um instante. Quando o advogado disse que por nunca terem sido casados de fato e por terem vivido juntos por pouco mais de dois anos minha mãe não teria direito a nada, eu pude ver o sorriso querendo se formar em meus lábios. Por dentro, o que me tomava era a maldade. Se eu não tinha brios para fazê-la se arrastar no assoalho novamente, tinha também a certeza de que ela não tocaria em um centavo do que eu tivesse a receber. E eu disse isso a ela ali, queria ver seu rosto murchar, queria que ela tocasse a bile que alimentava minha animosidade e o meu horror. Observei a sua estupefação, e vi as lágrimas escorrerem quando eu disse que voltaria a vê-la um dia, depois que a poeira baixasse, mas que esse dia não seria amanhã nem depois de amanhã, e que o valor do aluguel de um dos meus apartamentos continuaria a ser depositado rigorosamente todos os meses em sua conta, e era só por isso que eu não conseguiria esquecê-la. O meu discurso, mais do que de fúria, era antes de profunda mágoa.

Foi movido por esse sentimento que eu jamais voltei atrás. Eu não disse nada por impulso. Tudo o que eu fizera minha mãe ouvir foram coisas que se avolumavam dentro de mim e eu refutava; e acabaram eclodindo. Cumpri minha promessa para com ela, não a desamparei. Meu gesto era uma espécie de dívida de honra. Demorei menos do que imaginava para receber tudo o que meu pai havia deixado e abandonei a vida de prostituição.

Acompanhando o noticiário, percebi que a polícia não fazia ideia de quem havia assassinado Kerginaldo. Seu carro fora encontrado, aos frangalhos, numa sucata na periferia, certamente com a maioria de suas partes já rodando em outros veículos. Percebi que era uma grande ingenuidade achar que ao cometer um crime a polícia vai bater imediatamente na sua porta. A maior parte do tempo ela está baratinada, sem pistas, e dependendo de alguém que abra a boca pra ajudar.

Essa era a realidade que eu tinha até que meu telefone tocou e eu vi o nome do Ronaldo na tela. A voz chegou até mim num sentido de urgência, Jorge, fuja do país, arranje outra identidade, se resguarde, disse ele como se tivesse o intuito de trazer meu coração aos saltos. Sua voz estava abafada, parecia que ele estava a falar escondido num banheiro ou com a voz voltada para dentro de um guarda-roupas. Eu não tive tempo de perguntar o que havia acontecido. Kátia me avisou que vai hoje mesmo à polícia denunciá-lo. E como ela está sabendo do que houve, Ronaldo? Quando deixamos de nos encontrar, ela exigiu saber por quê. Queria saber se você havia me ameaçado, se estava me extorquindo, você sabe que ela nunca gostou de você nem do que fazíamos. Em determinado momento disse que iria contratar alguém para investigar. Fiquei com medo que ela cumprisse a promessa e a pessoa descobrisse que também vínhamos nos encontrando a sós, quando então *ela* poderia querer me extorquir ou pedir o divórcio alegando alguma coisa que se viesse a público poderia acabar com meu nome e meus negócios. Muita gente da minha família depende dos dividendos das empresas administradas por mim, eu não podia arriscar. Então ela sabe tudo que eu contei a você? Preciso desligar, ele disse num lampejo de voz, e se foi.

Minha vida se tornara completamente outra. Voltei a estudar, fazer cursos na França, na Espanha, aqui mesmo no Brasil. Era preciso deixar meu passado de ignorância para trás, e agora que eu não precisava mais fazer o que fazia os meus sonhos e vontades se tornaram exequíveis. Aprendi a falar melhor, a gostar de escrever e a usar palavras que eu nem imaginava que existiam. Também aprendi a tomar bons vinhos, comer comida boa e frequentar lugares refinados. Isso até a ligação de Ronaldo. Eu não conseguia prever o que poderia acontecer a partir dali, mas era preciso mesmo fazer o que Ronaldo dissera, por isso comecei a fazer contato com quem poderia me tirar daquela fogueira sem saber com exatidão para quê estava me ajudando. Era preciso ser cauteloso, e isso eu havia aprendido.

Três ou quatro dias depois, nova ligação de Ronaldo. Estou parado dentro de um carro na esquina da rua do seu prédio, vem aqui. Me espantei com a fala dele, mas não queria fazer perguntas por telefone, havia lido no jornal um dia antes que um zé-mané assumira o assassinato de Kerginaldo ou, como eu preferia acreditar, a polícia encontrou um jeito do crime não ficar sem solução, mas não vinha comemorando. Achava que soltar aquilo para a imprensa poderia ser uma forma de fazer com que o verdadeiro assassino se incriminasse e que o assassinato ainda pudesse estar sob investigação. Desci até a recepção pelas escadas, queria alguns segundos a mais para clarear as ideias e entrei no carro que ele me indicara ao telefone. Como você descobriu onde eu morava? Ora, eu também tenho os meus métodos, Jorge. Mas eu não vim aqui para lhe dizer que sei onde você mora, eu vim aqui para lhe dizer que agora somos iguais. Desenvolva, eu disse, muito sério. Aquilo não eram horas para gaiatices disfarçadas de frases enigmáticas. Ele olhou para o retrovisor e então olhou para mim: Eu matei a Kátia.

Ronaldo começou a se desligar da empresa no mesmo mês em que Kátia sumiu da vida dele. Disse para mim que queria viver comigo fora do país, podia ser na Argentina ou no Uruguai, que ficavam perto do Brasil e para onde poderíamos voltar quando a saudade apertasse. Foram palavras dele e eu nunca imaginei que Ronaldo fosse dado a esses arroubos românticos. Escolhemos um cantinho escondido no Uruguai, um sítio de tamanho modesto, onde vivíamos de maneira relativamente frugal. Plantávamos legumes na nossa própria horta e era com o que vinha de lá que fazíamos saladas e temperávamos nossos pratos.

A vida de sexo pago hoje me parece algo tão longe de mim que eu só voltei a me lembrar para escrever sobre ela. Concordei em viver com o Ronaldo para sentir que posso ter alguma estabilidade na vida, e também para que eu não me esqueça de quem fui. Quem a gente era sempre pode voltar a dar as caras e se tornar um novo vir a ser. Se eu voltei a me apaixonar por alguém? Nunca, nem antes do Ronaldo, nem depois. Eu não gosto de homens. Na verdade, eu não gosto de ninguém. Enquanto a polícia não chegar aqui procurando um de nós, vamos vivendo juntos. Envelhecer ao lado de alguém, que intrigante, pode sim ser algo bom.

Eu não quero mais do que a vida possível.

Este livro foi composto em Meridien LT Std no papel Pólen Natural para a Editora Moinhos enquanto Luiz Gonzaga cantava *A sorte é cega*.

*

A Reforma Tributária estava prestes a acontecer e o Brasil assumia a presidência do Mercosul.

*

Era julho de 2023.